「すげー、エロい顔」
「誉め言葉だな。だが、おまえには負ける」
illustration TATSURU KOHJI

STEAL YOUR LOVE -慾-

インガナ コイゴコロ 3

妃川 螢

HOTARU HIMEKAWA presents

KAIOHSHA ガッシュ文庫

イラスト★小路龍流

本作品の内容はすべてフィクションです。
実在の人物・地名・団体・事件などとは一切関係ありません。

CONTENTS

STEAL YOUR LOVE *Characters*

KIICHI FUDOU
不動騏一
不動の実父。政治家。穏健派で知られる一方、政界でしたたかに生きる。如月との仲を認めていない。

HASHIBA
羽柴
日本で名を馳せる舞台出身の実力派俳優。如月がお気に入り。最近では不動いびりも楽しみ。

SHINOBU YUGE
弓家 忍
如月の敏腕マネージャー。童顔で人当たりがいいが、実は腹黒。政界にも強力なツテを持つ。

不動師眞
KAZUMA FUDOU

高級ホストクラブの元NO.1。現在は代議士秘書として修業の身。国家公務員Ｉ種試験にパスするが、父親への反発からホストとなる。

♥

如月柊士
SHUJI KISARAGI

高視聴率を稼ぐ人気俳優で元スキャンダル帝王。ミュージカルで主演を果たして、実力派俳優として認められはじめる。

GOUZOU KISEGAWA
吉瀬川豪三
元総理大臣。政界の重鎮、黒幕。如月がお気に入り。

KURASHINA
倉科
若手代議士。世襲議員。

SAGARA
相良
倉科の公設秘書。

STEAL YOUR LOVE -慾-

1

その日帰宅すると、予告もなく数カ月間も不動《ふどう》をほったらかしにしてくれた恋人が、まったく悪びれた様子もなく、あたりまえの顔でそこにいた。

不動の、自宅マンションのリビングだ。ソファの真ん中でふんぞり返って、冷蔵庫から勝手に持ち出したらしきドイツビールを小瓶から直接呷《あお》っている。

「よ、お帰り」

約束を反故《ほご》にされた上、本来なら自分が言うべきだった——言うつもりで連絡を待っていたセリフを先に紡《つむ》がれた不動は、眉間《みけん》にくっきりと縦皺《たてじわ》を刻んで、それからむっつりと諦めの長嘆《ちょうたん》。

「……何時の便で着いたんだ？」

空港まで迎えに行くと言ったのに。いや、メールに書いたのに。

「帰国予定が早まってさ、向こうを出るときに余裕がなくて連絡入れらんなくて、気づいたら離陸したあとだったんだよ」

問いにそのまま答えるのではなく、それ以前の問題についての説明を口にするということは、不動の眉間に刻まれた縦皺の理由を察している、ということ。

だとしても、成田空港に着いた時点で一報くらいあってもいいだろうに。

そう言いたい不動の無言の訴えを、如月《きさらぎ》はサラリと受け流して、空になった小瓶をローテーブルに置く。そして、長い脚を組みかえた。

「ここでおまえの帰りを待ってたほうが、話が早いだろ?」

長期の海外ロケから帰国したばかりだというのに、まったく疲労を感じさせない。世の女性たちに「彼になら弄《もてあそ》ばれてもいい」と言わしめるほどの色男は、プライベート空間にあっても灰汁《あく》の強い存在感を失わない。

日本人にしては色素の薄い髪と瞳、四肢の長いしなやかな長身と、舞台に立つために鍛え上げられた肉体。放たれる挑発的なフェロモンは、如月の持つ人気俳優という肩書がもたらすものではない。それももちろんあるが、そもそもは生来のものだ。

長い指が、前髪を掻《か》き上げる。

その向こうから、少しつり上がりぎみの目が不動を捉《とら》えている。

白旗を揚げたのは不動だった。

勝てるわけがない。

この不遜《ふそん》な存在感に囚《とら》われて、すでに長い時間が経過している。

ソファの背に片手をついて上体を屈めると、指の長い綺麗な手が伸ばされて、ネクタイを掴《つか》む。引き寄せられるまま、唇を重ねた。

だが、金属質な音が深まりかけた口づけを邪魔する。仕事を変えてからかけるようになった伊達眼鏡《だてめがね》がずれていた。

「邪魔だ」

それを乱暴に取り去ってソファに投げたのは如月。銀縁の眼鏡は、軽い音を立てて革張りのソファの上を跳《は》ねる。

「乱暴にするな、商売道具だぞ」

「扮装《ふんそう》じゃないのか？」

「イメージ戦略と言ってくれ」

前職と一八〇度違う世界で生きるために、髪型や着るものを変えるのは当然のことだ。不動は、大きく風貌《ふうぼう》を変えないかわりに薄いグラスをまとった。口調と立ち居振る舞いも合わせれば、それだけで別人にもなれる。

「昔を思い出すな。――生徒会長殿」

長い指で不動の髪を乱しつつ、じゃれあうキスの合間に如月が愉快そうに言う。

「眼鏡はかけてなかったが？」

「それこそイメージの問題だ。――んっ」

差し出された舌に軽く歯を立てれば、艶《つや》めく吐息が零《こぼ》れる。口づけを解いて上体を起こし、だが絡め合った指は解かないまま。

「土産《みやげ》をもらおうか」

その手を引けば、腰を上げた如月が首に腕をまわしてくる。

「いいぜ。バカ高い美容クリームか？　それとも新作のバッグか？　パンプス十足はあとから届けてもらえることになってるぞ」

「……なんだそれは」

女への土産ばかりじゃないかと不服を述べれば、ニンマリと上げられる口角。

「じゃあ、何が欲しい？」

答えなどわかっていて、不動が何を思って「土産」などと言いだしたのか、察していながらあえて尋ねてくる意地の悪さ。その挑発を鼓膜に心地好《よ》く聞きながら、不動は捻《ひね》りのない言葉を返す。

「もう、この腕のなかにある」

腰に腕をまわして引き寄せれば、間近に聞こえる抑えた笑い。

「気障《きざ》野郎」

いつまでホストのつもりでいるのかと、揶揄《やゆ》の言葉が唇に触れる。

「ありがたく土産の開封をはじめるとしよう」

バスルームへと促しつつ、抱き寄せたウエストからシャツを引き抜けば、「どこのオヤジだ」と後ろ髪を引っ張られた。


主演ドラマはことごとくヒットすると言われる人気俳優の如月柊士《しゅうじ》と、今現在代議士秘書の肩書を持つ不動師眞《かずま》との出会いは、高校時代にまで遡《さかのぼ》る。

片や雑誌モデルとして派手な話題のつきまとう問題児、片や教師の覚えもめでたい優等生。

生徒会長を務める堅物《かたぶつ》な不動にとって、自由奔放《ほんぽう》な如月の存在は、意識せずとも目に飛び込んでくる異質な煌《きら》めきとしか形容のしようのないものだった。一方で如月にとっても、学校史に名を残すとまで言われる優等生は、声をかけるのもはばかられるほど遠い存在だった。

同じ学校に通っていても、取り囲む環境も付き合う友人も、わずかな接点すら見つけられない、相反する存在。

だからこそ、不動の記憶には如月が、如月の記憶にも不動が、互いに強烈に焼きつけられることとなった。

挨拶の言葉ひとつ交わすことなく卒業して、如月はモデルをやめて役者として芸能界に入り、不動は父の背を追っていずれは政治の世界に進出すべく、その足がかりとして最高学府に進学した。

二度と会うことのない相手のはずだった。互いに、そう信じて疑わなかった。不動は、メディアを通して如月の存在を常に意識していたけれど、だからこそ隔たった距離は遠いもののはずだった。

だが、ときに運命の歯車は、悪戯《いたずら》心を働かせる。

数年後、大学卒業のタイミングで父と決裂した不動が足を踏み入れた夜の世界で、ふたりは再会を果たした。

片や派手なスキャンダルでメディアを騒がせる超のつく人気俳優として、片や夜の街でその名を知らない者はないカリスマホストとして。

夜の華やぎをまとって跪《ひざまず》く不動を、如月は信じられないものを見る目でその瞳に映した。

同時に不動は、傲慢《ごうまん》なまでの輝きを如月の背に見た。

大衆を魅了する、これこそ本物の華やぎだ。

その輝きに、誰より一番魅了されているのが自分だと、不動には自覚がある。

高校時代には気づけなかった、強烈に記憶に刷り込まれた互いの存在感の理由をふたりともに自覚したとき、モラルの壁など飛び越えて、手を伸ばさずにはいられなかった。

紆余曲折《うよきょくせつ》を経て、互いの本心をたしかめ合った。

スキャンダル帝王を返上して実力派俳優として認められはじめた如月と、その如月に後押しされて一度は背を向けた政治の世界に戻ることを決めた不動と、蜜月《みつげつ》に浸る以上に刺激し合う関係を楽しんでいる。

だからといって、「明日から海外ロケだから」のひと言で、後朝《きぬぎぬ》のベッドに恋人をひとりほっぽり出した揚句《あげく》、月単位で放置しなくてもいいだろうに！

帰国時には空港まで迎えに行くから着時間を連絡しろとメールを入れたのは、クランクアップ――如月の出演場面の収録が終了した連絡を受けたため。その約束すら反故にされて、不動に拗《す》ねるなというのは酷というものだ。

それでも、挑発的に見上げる瞳を間近に見てしまえば、負けを認めざるを得ない。なんの勝負かといえば、昔から語られる「惚れたほうが負け」というやつだ。

不動は、自分のほうがより強く深く、如月に惚れていると感じている。だがそれは、如月も同じだった。


汗を吸ったシーツに仰臥《ぎょうが》して、荒い呼吸を整える。

そんな如月を見下ろす不動はといえば、満腹になった獣《けもの》よろしく、実に満足げな顔だ。

少々つれなくしすぎたかと、仏心を出したのがいけなかった。月単位で海外だなんて言おうものなら、せっかくその気になった代議士秘書の職を放り出して一緒についてきかねないと懸念して、出立《しゅったつ》当日の朝まで黙っていたのだが、帰国して、不動の拗ねきった顔を見たら、「しょうがねぇなぁ」なんて、ついつい思ってしまったのだ。

「久しぶり…だから…って……」

がっつきやがって！　と毒づきつつ、乱れた前髪を掻き上げれば、「お互いさまだろう？」と平然と返される。

「ずいぶんとストイックに撮影に臨《のぞ》んでいたようだな」

海外ロケの間、浮気はしなかったのかと揶揄されて、如月はムッとするでもなく、喉《のど》の奥で低く笑った。

「安心しろ。したとしても相手は女だ」

自分を組み敷くことを許すのは、不動だけだとリップサービス。

「ここは否定するところじゃないのか？」

「先に言ったのはそっちだろ」

他愛ない言葉の応酬と、その間も髪に、頬《ほほ》に、触れる指先。

元ナンバーワンホストの肩書を持つ男は、指先まで綺麗で洗練されていて、如月はいつも目を奪われる。自分のようにスポットライトを浴びる立場にいる人間ですら、そうした華やかな世界に身を置く人々を見慣れた目にすら、特別に映る艶だ。

「撮影は？」

「すこぶる順調に終わったよ」

「我《わ》が儘《まま》女優に振りまわされることもなく？」

「ああ」

過去に実際にあったことを持ち出して、茶化《ちゃか》してみせる。

スキャンダル帝王の名を返上して、実力が真に認められた結果、外野に煩《わずら》わされることも減った。少し前に主演したミュージカルが大成功を収めて、大きな賞をとったのが一番の要因だ。

ちなみに、全編海外ロケであることがウリの主演映画は、大々的に広告が打たれ、鳴り物入りで公開予定になっている。――共演者のなかに、警察のお世話になるような役者が出ない限りは。

「そっちは？」

「日々雑用に追われてるさ。政治家の私設秘書なんて、体《てい》のいい雑用係だからな。しかも俺は新米だ」

いくら仕える相手――代議士の子息だろうと、下っぱには違いないと笑う。その口許に浮かぶ余裕が、実際は言葉とは真逆の状況にあることを如月に教えた。

「こんなにふてぶてしい新米、ほかにいないだろうな」

「どこがだ？　平身低頭《へいしんていとう》、謙虚に務めてるぞ」

「へーえ」

どうだか？　と揶揄すれば、汗の浮いた肌を撫《な》でていた手が、わき腹を掴む。

「……っ！　くすぐった……っ」

身体を捩《よじ》り、やめろよ！　と手を払えば、今度はその手を拘束される。張りつけにするように頭上に手首をまとめられて、如月は抵抗をやめ、かわりにうかがう視線を見下ろす男に向けた。挑発的な視線だ。

「なんだ？　縛りたいのか？」

「そういう趣味はないつもりだがな」

さあ堕《お》ちてこいと言わんばかりの誘惑に、不動の口許が微苦笑を刻む。揶揄に濡れた声で言われても、怖くて素直に飛び込むことなどできない、と。

「存外はまるかもしれないぞ」

「付き合ってくれるのか？」

「俺は遠慮する」

「じゃあ却下だな。おまえ以外に、そんなことをしたい相手がいない」

言葉とともに視界が翳《かげ》って、腕の拘束が解かれたかわりに、唇が塞《ふさ》がれる。

一度臨界点に達した熱は、容易に鎮静化しない。燻《くすぶ》る熾火《おきび》はわずかな刺激で再び燃え上がる。それでも、先よりは余裕がある。触れ合う肌の感触とじゃれあう時間を楽しむことができる。

「……んっ、疲れてるんだろうに、相変わらずタフだな」

政治の世界がどれほど多忙か、メディアを通じての情報でしか知らなくても、ある程度

は想像がつく。だというのに不動は、かなりハードな一ラウンドをこなしたあとでも、まったく疲れた様子を見せないのだ。

「その言葉はそっくりそのまま返してやる。時差ボケは？」

「この状態で、気にできるとでも？　……は、ぁ…っ」

睡魔《すいま》以上にあふれる欲望のほうが厄介《やっかい》なのだからしかたないではないか。そう言うと、「俺も同じだ」と返された。久しぶりに触れる恋人の肌の感触とその狭間から生まれる熱は、濃い疲れも睡魔も、凌駕《りょうが》してあまりある。つまりは、そういうことだ。

汗のひきはじめていた肌を、不動の長い指がなぞる。

男の美質を充分に備えた鍛えられた肉体は、これまでに出した数冊の写真集で世の女性たちの目を愉《たの》しませてきたけれど、しなやかな肉体が快楽に震えるさまを見ることを許される人間は限られている。

もちろん今は不動だけだ。過去に数々の浮き名を流してきた如月だが、その行動の根底にあるものに気づいたときに、スキャンダラスな一面は、それまでのインモラルさが嘘のように消え失せた。

忘れえぬ存在感が恋と言いかえられる感情であったことに気づいて、絶対に相容れないと諦めていた相手が自分と同じものを見ていると知ったときに、もはやほかの誰も何も、必要ないと思ってしまったのだ。

因果な感情と向き合ってそれを受け入れたときに、ふたりの関係ははじまった。

人気俳優と、元カリスマホストという異色の経歴を持つ代議士秘書。この先の波風を覚悟しないわけにはいかない関係だ。それでも、甘ったるいだけではない、対抗心を心地好く刺激し合える関係は手放しがたい。

「で？　北欧美人はどうだったんだ？」

互いの欲望を刺激し合う合間に、不動が尋ねてくる。

「なんもねぇよ、バカ」

何気《なにげ》に真剣な眼差《まなざ》しで訊《き》くので、先の行為でわかったはずだろう？　と睨《にら》み返した。ストイックに仕事に打ち込んでいたらしいなどと、セクハラでしかない感想を述べたのは自分ではないか。

「そうだったか？」

夢中になっていて忘れた、などと惚《とぼ》けられる。如月は呼吸を乱しながらも笑った。

「しょうがないから、もう一回たしかめさせてやるよ」

逞《たくま》しい腰を挟み込む腿《もも》に力を入れ、爪先《つまさき》で悩ましく下肢を辿《たど》る。両頬を掌《てのひら》で包み込んで引き寄せ、唇に軽く噛《か》みついた。

「光栄だ」

愉快そうな声とともに、上唇を食《は》む悪戯なキス。

如月自身を煽《あお》りたてていた欲望が、狭間を擦《こす》り上げる。そこに残る濡れた感触と、ゾワリと背を突き抜ける快感。

如月の瞳が情欲に潤みはじめるまで、意地悪く焦《じ》らす行為が繰り返される。一度極みを見た肉体は抗《あらが》いがたい疼《うず》きをたたえて、如月を責め苛《さいな》んだ。

「い…かげん、に……っ」

焦れた如月が、のしかかる肩を押し返す。

だが、その手は捕られ、首にまわすように引き寄せられた。

「――……っ！　は……ぁ、あ！」

ジリジリと埋め込まれる熱塊。

滴《したた》る汗と、頭上から零れる低い呻《うめ》き。艶めいた、牡《おす》の息遣いだ。

それに煽られて、如月も濡れた声を上げる。

自分が抱かれる側にあることも、こんな声を聞かれることも、相手が不動でなければ許せない事実だ。自分が惚れたのは、それほどの男だ。

「――……っ！」

迸《ほとばし》る、頂を極める嬌声《きょうせい》。

抱き寄せた背に刻む爪痕《つめあと》。

荒い息遣いと、咬《か》み合うキス。

「師眞……」

額を合わせて、いまだ醒《さ》めぬ熱が存在することを、互いの瞳の奥に確認する。

「柊士……」

甘ったるい声が呼ぶ。

気障を絵に描いたようなそれが、今日は妙に心地好い。

成田に降り立ったときにも感じなかった日本の空気を、恋人の肌を通して感じ取る。

毒されてるな…と、如月は埋め込まれた熱が再び力を取り戻すのを感じながら、胸中《きょうちゅう》でひっそりと笑った。

2

高校在学中から雑誌モデルとして活躍していた如月《きさらぎ》を演技の世界に向かわせたきっかけは、一人旅で訪れたニューヨークで観たミュージカルだった。

その思い出深いミュージカルの日本人キャスト版が制作されることになったのはまさしく運命であり、オーディションを勝ち抜き主演の座を掴んだのは、如月の強い想いと努力のなせる技だった。

ミュージカルの成功が、如月につきまとっていた派手な評判を消し去り、世間の目を隠された才能へと向けさせた。

不遜で高飛車《たかびしゃ》な色男が、実は演技への真摯《しんし》な情熱を持った実力者だったと知れたとき、結果は演劇大賞という大きな戦果となってもたらされた。

もはや誰も、如月をスキャンダル帝王などと揶揄したりはしない。

そのかわりに、大衆は求めはじめる。如月柊士《しゅうじ》という俳優が、次にどんな表情を見せるのか、常に新しいものを求めはじめる。

それに応えつづけていかなくてはならない。

いまはまだ、立ち止まるときでも振り返るときでもない。積み上げた足場をもっと強固なものにできるまでは、気を抜くことはできない。

けれど休息は必要だ。

「さすがにキツイな……」

時差ボケだけではない理由で停滞気味な思考と重い身体を抱えて、不動《ふどう》のマンションのリビングで、如月はひとり濃いコーヒーを啜《すす》る。

不動は今日も仕事だ。

明け方まで如月と抱き合っていてほとんど寝ていないはずなのに、腹立たしいほどにさっぱりした顔で出勤していった。

――『もう、出るのか？』

――『代議士に休みなどあってなきがごとし。必然的に秘書も、だ。――寝ていろ』

シーツのなかでモゾリと身じろぐ如月の乱れ髪を梳《す》いて、額に甘ったるいキスひとつ残して、仕事に向かった。

如月が次に目覚めたのは、昼近くになってから。長期ロケ後のせっかくの休日だというのに、ひとり部屋に残されて、こうしてボーッとしている。

考えてみれば、これまでは不動のほうがより自由のきく仕事だったから、常に如月に合わせてくれていた。だがこれからは、そういうわけにはいかないのだと気づく。

父への当てつけで夜の街に足を向けた不動が、その世界でトップの座に立ち、ホスト引退後も充分に夜の街で生きていけるとわかっていながら、わずかに残った父の背を追う将来への未練を指摘して、政治の世界へと背を押したのは如月だ。

未練があるのなら、やってみればいい、と。

ダメなら俺が食わしてやる、とまで言って、踏み切れないでいた不動に腹を決めさせた。

自分の行動に後悔はしていないが、不動が代議士秘書として働きはじめていくらも経たないうちに長期ロケで日本を離れてしまったために、今度は如月のほうが現実的なあれこれを認識するのが、いささか遅れたようだ。

暇を持て余しても、ふたりなら間がもつ。だがひとりでは、ひたすら退屈なだけだ。

「どーすっかなー……」

呟く如月の視線の先には、空港から直接持ち帰った荷物と土産物の包み。

休暇の間はこの部屋にいるつもりだから自分の荷物は放置でいいとして、問題は土産物だ。

「しょうがねぇ、持ってくか」

どうせ不動は夜まで帰ってこないのだし。

ひとりでゴロゴロしていてもつまらないし。

時計を確認して、シャワーを浴びるべく重い腰をさすりさすりダイニングの椅子から腰を上げる。

「……っ」

久しぶりに使った筋肉が悲鳴を上げている。毒づく声すら甘い気がして、如月は自分の思考の乙女さかげんにウンザリと嘆息した。


不動と思いがけない再会をして、世間をはばかる関係になってしまって、不動の家庭の事情にまで首を突っ込むほどに付き合いは深まる一方だというのに、実のところ如月には訊かれないのをいいことに不動に話していないことがあった。

自分の側の家庭事情だ。

いつだったか、不動に「おまえの親にも挨拶に行かないとな」などと言われて速攻で却下を申し渡したことがあるが、それは単純に恥ずかしかったからではなく、ちゃんと理由あってのことだった。

都心から少し外れた住宅街の一角。

個人の住宅にしては少々大きくて立派な建物。通りから見る印象以上に奥行きが深い建て方だ。

白い外壁と、レースのカーテンのかかった出窓。デコラティブな門扉の向こう、ハーブガーデンを抜けた先にある白いドアの横には、横文字の綴られた小ぶりなプレートが掲げられている。

その建物の近くでタクシーを降りた如月は、そのプレートの掲げられた玄関と思《おぼ》しき入口ではなく、脇の路地を抜けて裏手にまわり、表よりは多少落ち着きのある佇《たたず》まいのドアを、チャイムも押さずに開けた。

「ただいま」

室内に声をかけて、応えも待たず上がり込む。

掃除の行き届いた廊下の奥、広いリビングダイニングに足を踏み入れた如月をみとめて明るい声を上げたのは、如月より少し歳上の女性だった。

「あら～、柊ちゃん！　おかえりなさい」

看護師のものとは多少デザインの違う、でも一見すると白衣っぽく見えるペールピンクの制服に身を包んだ女性がひとり、ダイニングテーブルで紅茶を飲んでいる。

「いつ帰国したの？　予定じゃもう少し先じゃなかった？」

「うん、昨日遅く。撮影が順調に進んだからさ。――はい、頼まれてたもの」

携えてきた大きな紙袋をテーブルに置いて、女性の向かいに腰を下ろす。

「ありがとう！　待ってたのよね～」

いそいそと紙袋の中身を物色する女性が何者かといえば、何を隠そう、如月の姉だ。

そして、この立派な建物が何かといえば、如月の母親が経営するエステサロン兼住居。

姉はここで、夫とともにオーナーである母を手伝っている。セレブ向けサロンだから表に名前が出てくることは少ないが、ゴッドハンドと呼ばれる、知る人ぞ知るエステティシャンだったりするのだ。

「これこれ！」

満足げな顔で姉が取り上げたのはボタニカルオイル。サロンで使いたいからと、日本未入荷の品を買ってくるように頼まれていたのだ。

ほかにも仕事用なのかプライベートなものなのか不明だが、バカ高い美容クリームだとかクレイパックだとかデトックス効果の高いハーブティーだとか。如月にはよくわからないものを、海外に行くたびにあれこれ頼まれて買わされている。

「これはママの？」

「新作ジュエリーだってさ。画像添付で『これが欲しい』ってメールしてきたから、間違ってないと思うけど」

こういう買い物を大量にしているから、以前から女性へのプレゼントだとか、マスコミに騒がれがちだったのだ。実際に如月から形に残る贈り物をされた女性など、親族以外にいるはずもないのに。

「靴は？」

「大量だから、あとから届くよ。届け先の住所、ここにしといたから」

「助かるわ～」

持つべきものは稼ぎのいい弟よね、などと調子のいいことを言って、如月に頼んだ買い物の内容を確認する。

「そう思ってるんなら、たまに帰ってきた可愛い弟に、コーヒーの一杯も出してやろうって気にならない？」

テーブルに頬杖をついて恨めしげに訴えれば、姉は「ごめんごめん」と笑って、如月のために豆から挽《ひ》いてコーヒーを淹《い》れてくれる。だが、ふた口も飲まないうちにカップを取り上げられてしまった。

「ちょっと疲れた顔してるわね。ちょうどいいわ、これ飲んでみて」

カフェインはお肌によくないと、コーヒーカップのかわりに、ガラス製の口の広いカップを持たされる。薄い緑茶のような色の液体からは、強烈なハーブの香りがした。如月の喉のために、ときどき不動が淹れてくれる爽やかな香りのハーブティーとは雲泥《うんでい》の差だ。

「買ってきてもらったハーブティーよ。サービスでお客様に出そうかと思ってるの。どう？」

「……すごい匂い」

「匂いはいいのよ。問題は効果」

「そんなの一杯じゃわからないよ」

ため息をつきつつも、しかたなく口をつける。匂いはすごいが、意外にも喉ごしは良かった。

「そういえば義兄《にい》さんは？」

「子どもたちと一緒に、ママのお稽古《けいこ》に付き合ってるわ」

如月の母は趣味人で、サロンの経営はほぼ名前だけで実務は娘夫婦に任せ、習い事三昧《ざんまい》の日々を送っている。その犠牲になっているのが姉の子どもたち——如月の甥《おい》っこと姪《めい》っこだ。

「今日は静かなんだ？」

「午後の予約がキャンセルになったの。ご主人の仕事の関係で、急に外出しなくちゃいけなくなったとかで」

サロンは完全予約制で、広告は一切出していない。口コミだけで充分な客がくるからだ。

「そーだ！　柊ちゃん、実験台にならない？　今度メンズエステもはじめようかと思ってるの。いまどき、会社経営者も政治家も見た目が重要な時代だもの。買ってきてもらったオイルも試したいし」

政治家…という件《くだり》で若干嫌な汗を掻いたが、「いいよ」と曖昧《あいまい》に受け流す。女という生き物は奇妙なまでに察しが良くて、わずかな反応から痛くもない腹を探られることがままあるからだ。

サロンの個室は、以前に如月が見たときと、大きく様子は変わっていない。

薄いガウン一枚になってベッドに横になれば、インセンスの仄《ほの》かな香りが全身をリラックスさせてくれる。

だが、壁に掛けられた小ぶりなフレームにおさまる写真が、以前に見たものと変えられているのに気づいて指摘した。

「別のにしたんだ？」

「あ、気づいた？　前のはパパが大口あけて笑ってたから、ママが恥ずかしいって」

フレームに収まるのは、雄大な景色を背景に両腕を広げる父の姿だ。「こんな写真あったんだ」と呟《つぶや》いて、如月は瞼《まぶた》を閉じる。

裸の背中にオイルが垂らされて、姉の綺麗な手が張りのある肌をマッサージする。さすがはゴッドハンド、すっかりリラックスして筋肉が弛緩し、欠伸《あくび》が出る。このまま昨夜の睡眠不足を解消してしまおうと思った如月だったが、しかし上から零れる含み笑いに気づいて、重い瞼を上げた。

「なに？」

「やぁね、昨夜《ゆうべ》帰ったばっかりなんでしょ？　なのに、もうこんなにいっぱい痕《あと》つけて」

――……っ!?

空港からいったいどこへ直行したのかしら？　と揶揄されて、ギクリと身体が強張《こわば》る。そういえば、もはやいつものことだからシャワーを浴びたときに確認しなかったが、身体中に不動の刻んだ痕跡が残されていたのだ。相手が姉だから気がゆるんでいて、すっかり失念していた。

「スキャンダル帝王は返上したんだとばっかり思ってたけど、水面下でうまいことやってるのね」

「い、いや……」

幸いというかなんというか、少々ずれた方向に誤解した姉は、勝手に話をつくりはじめる。

「相変わらずね～。で？　昨夜は何人で愉しんだの？」

「……姉貴……」

長嘆すれば、あけすけな姉はケラケラと笑って、如月の背をぴしゃりとはたいた。

「痛ぇな、もうっ」

この調子だから、不動の存在が家族に絶対にバレないようにしなくては。

だから嫌だったのだ。不動にも知られないようにしたほうがいい。絶対にそのほうが安全だ。あの男のことだから、何を言い出すかわかったものではない。

――そーいや、あいつ、親父さんとうまくやってんのかな。

本当は昨夜訊こうかと思って、空気が悪くなるのも避けたくて、呑み込んだ問い。蟠《わだかま》りの抜けきらない親子関係も、仕事を媒介にうまくまわるといい。不動サイドの問題が落ち着くまでは、家族とはいえ外野に煩《わずら》わされたくないというのが如月の本音だ。

仕事を再開したらマネージャーにも口止めしておこうと決めて、強張った身体から力を抜く。姉の腕はすばらしく、五分と経たないうちに如月は睡魔に負けていた。

代議士ひとりに割り当てられる議員会館の個室は、さほど広いわけではなく、議員のデスクのほかに秘書のデスクと来客用のソファセット、壁際のキャビネットがあるだけの殺風景な空間だ。

だが、その部屋を与えられていくばくも経たないうちに、デスクには書類が積み上がり、キャビネットからはファイルがあふれ、狭い部屋がより狭く感じられはじめる。どれほど整理整頓しようにも、収納力の限界をはるかに超えた物が積み上がれば、もはやどうにもならない。

というのが、多くの議員部屋の状況なのだが、不動がデスクを与えられた部屋は、その限りではない。

部屋の主である代議士のデスクはもちろん、秘書たちのデスクもキャビネットに並んだリングファイルも、いずれも整理整頓がなされ、仕事がしやすく、必要な書類や資料がすぐに探し出せる状態になっている。

だから、不動が新たにここの面子《メンツ》に加わったときも、特別慌《あわ》てることなく、スペースを確保することができた。

整理整頓のできない人間は勉強も仕事もできない、というのが不動の父——衆議院議員である不動騏一《きいち》の持論で、長く不動に仕える公設秘書筆頭の田部井《たべい》はもちろん、その下で働く秘書たちも、そしてそんな父の背を見て育った不動自身も、その教えがすっかり身についているからだ。

デスクの上にあれこれ積み上がっているだけで、仕事をしている気になっている人間は多い。真に仕事のできる人間は、頭のなかで流れを組み立てることができる。流れが見えれば必要なものが明確になる。散らかるはずがない。

不動自身は、それが絶対だとは思わないが、仕事に対する姿勢としては間違っていないだろう。身だしなみと同じことだ。なにごとも真摯に取り組め、という戒め。

ホスト時代にまとっていた華やかなスーツを、質はいいものの地味なビジネススーツにかえ、夜の世界から政治の世界に転身してしばらく、不動は大袈裟《おおげさ》でなく、如月に返した言葉通りの日々を過ごしていた。

政治家がいかに多忙な仕事かは、幼いころから父の姿を間近に見て知っていたが、いざ自分がその世界に身を投じてみると、傍《はた》から眺めていたのとは違った一面が見えてくる。

代議士本人が多忙なのは当然のこと、そのスケジュール管理から資金管理、はてには雑用までの一切を任される秘書たちも、代議士の力量に比例して忙しくなる。

三年も務めたら身体がボロボロになるとまで言われる代議士秘書を、すでに四半世紀以上務める田部井の底力は計り知れない。本人は、自分などすでに老兵だと言うが、まだまだ教えを請いたいというのが、不動のみならず彼の下で働く秘書たちの本音だ。

「師眞《かずま》くん、今晩の会食の件だが――」

「それでしたら、銀座鍵屋《かぎや》の予約が取れています。十九時からになっていますが、変更はないでしょうか？」

個人的にも政治活動においても重要な人物を交えた会食の場として用意した料亭の名を上げれば、そのセッティングを不動に任せていた田部井が、深い皺《しわ》の奥に隠された目をくるりと見開いた。

「鍵屋の!?　それはすごい」

ふたりの会話を聞きかじった先輩秘書が、思わずといった様子で手を止める。

「銀座鍵屋って、ミシュランガイドに載った途端、半年先まで予約が埋まったって噂の、あの鍵屋ですか？」

よく予約が取れましたねぇと、こちらも目を丸める。驚きというより、自分も行ってみたい、という興味のほうが勝っている様子だ。

「実は女将《おかみ》と顔見知りなもので。少し融通《ゆうずう》していただきました」

肩を竦《すく》めつつ眼鏡のブリッジを押し上げれば、「さすがに人脈が広いですね」と穏やかな笑みで返される。

「使える伝手《つて》は使わなければ、宝の持《も》ち腐《ぐさ》れですから」

ホストとして築いた人脈だろうと、使えるものは使えばいい。周囲の反応がどうあれ、不動自身には、前歴を隠す気など微塵《みじん》もないのだ。

だが、その堂々とした態度が気に食わない人物が、用もないのに自室から顔を覗《のぞ》かせて、一同は笑みを引っ込める。

「鍵屋の女将ともあろう者が、ホスト遊びなどしていたのか。――ったく、嘆かわしい」

話に割って入ってきた父親とその嫌味をサラリと受け流す息子のやりとりに、実のところ秘書たちは笑いを噛み殺しているのだが、田部井に一瞥《いちべつ》されて彼らは冷や汗とともに無表情を繕《つくろ》う。くだらない指摘に真っ向から言葉を返すのは、言われた当人だけだ。

「大人の女性の遊び場ですよ。先生にも、クラブでホステスに酌《しゃく》をしてもらった経験くらい、おありでしょう?」

それと同じことだと返せば、父はムッと口を引き結ぶ。

「……口の減らないやつだ」

「どなたかに似たようでして」

失礼しましたと慇懃無礼《いんぎんぶれい》に返して、相手などしていられないとばかりデスクについた。その背にかけられる、憮然《ぶぜん》とした声。

「会食にはおまえも同席しろ」

それだけ言って、父は自室に戻ってしまう。

「かしこまりました」

親子であっても、ここでは代議士とその末席秘書だ。立場は弁《わきま》えなければならない。いったん席を立って腰を折り、ドアが閉まるのを確認してから今一度デスクに向かう。

「おさわがせしました」

秘書仲間たちが、懸命に笑いをこらえつつ物言いたげな視線を向けているのに気づいて、不動は余裕の笑みとともに謝罪の言葉を返した。

もうずいぶんと長くこじれたまま放置していた父子関係が、そう簡単に修復可能なのかとはいえ、不動の前歴は、知る人ぞ知る情報として周知の事実となっていて、緘口令《かんこうれい》が敷かれたのだ。無用な性急さは、詰めの甘さと綻《ほころ》びを呼ぶだけで、なんのメリットもない。

外野がどう騒ごうと、不動には着実に足場を固めていく気しかない。焦るつもりはないのだ。

父がいくら先を急いだところで、土台が整わないことにはどうにもならない。

だが今は、まだ修業の身。

動は考えている。

だがそれこそが、自分と父との大きな違いであり、いずれ自分の力になる経験値だと不動が大学卒業後、夜の街で学んだ体験に裏打ちされた価値観くらいのものだ。違うのは、不

要領の良さも、表裏の顔の使い分けも、何もかもが本当によく似ている。

に濃く受け継いでいるのかを、ごく短い期間に嫌というほど思い知らされもした。

同時に、政治家としての父の姿を間近に見るようになって、自分がこの父親の血をいか

させたい様子で、相変わらず意見は対立している。

くれようとする田部井のスタンスとはうらはらに、父は次の選挙ですぐにでも息子を出馬

代議士秘書として新たな人生を踏み出した不動だが、自身が培《つちか》った経験をあまさず授けて

如月に背を押されるかたちで覚悟を決めてホストを引退し、衆議院議員である父のもと、

といえば、そんなはずもない。

布《し》かれているために口に上らせる議員も議員秘書もいないが、どうしても注目を浴びてしまうのはいたしかたないことだ。

しかも、人気議員の嫡子《ちゃくし》で、いかにもマスコミが騒ぎそうなビジュアルの持ち主ともなれば、党の首脳陣も黙ってはいない。有権者へのアピール素材として不動に価値を見出している党幹部も多く、こちらの思惑とは別に、性急に足場が固められていくのを、嫌でも自覚せざるをえない状況にある。

それでも、着実に、堅実にいきたい。

己のためだけではない。

前歴など、世間にバレようがマスコミが騒ごうが、正直なところどうでもいい。だが自分には、絶対に守らなければならないものがある。――如月だ。

万が一にも、政治のゴタゴタに如月が巻き込まれるようなことがあってはならない。転身を決めたとき、不動の頭にあった不安も躊躇《ためら》いも、すべては如月の存在に根ざしたものだった。本人が聞いたら、自分に降りかかる火の粉《こ》は自力で振り払う、と間違いなく一蹴《いっしゅう》されてしまうだろうけれど。

決して広いとは言いがたい議員会館の廊下を、人の波を縫いつつ目的地に向かって歩きながら、そんなことを考える。

昨日まではついつい眉間に皺を刻みがちだった思考が口許に笑みを呼ぶのは、ひとえに如月の存在が身近にあるからだ。海を隔てているのといないのとでは、気持ち的に雲泥の差がある。

――早く帰りたかったんだがな。

長期ロケ後の休暇が明ければ、如月にも多忙な日々が待っている。ゆっくりとふたりで過ごせる時間は限られているのだ。

後援会関係の会食とあってはいたしかたないが、本来は田部井がついていくべき場所だ。父は自分を秘書として伴いたいのか、それとも後継者として顔見せさせたいのか。――たぶん後者だろう。

――……ったく、くだらない。

父が不動の出馬を急ぐのには理由がある。ライバル議員の子息たちが、近々の選挙で立てつづけに当選を果たしたからだ。他人と比べたところで意味はないというのに。

父の原動力となっているのは、〝うちの子が一番〟という、バカな親が抱く幻想――単純な感情だ。ゆえに陰のものになり得ないだけ微笑ましいとも言えるが、しかし当事者にとっては迷惑極まりない。

不動は、他人と自分を比べる行動そのものを否定しているわけではない。己を高めるための適度なライバル心や嫉妬《しっと》心は、向上心とも言いかえられるもので、陽の感情とともに共存させられるのなら抱く意味もある。

だが、他人の成功や才能を妬《ねた》むだけのものなら、己を貶《おとし》めるものでしかない。羨《うらや》ましいと、妬ましいと、思ったあとどうするかが大切なのだ。——と、己を律することのできる人間ばかりではないから厄介なわけだが……。

「不動くん？」

ふいに呼びとめられて、不動は思考を中断し、足を止めた。

廊下の端、人いきれの途切れた場所でも、そもそもが古い建物だから窮屈感が消えることはない。

不動を呼びとめたのは、同じ年頃と思しき若い男だった。スーツの襟《えり》に臙脂《えんじ》のバッジがあるのを確認して、自分の記憶に裏付けを与える。

知り合いではないが、知った顔だ。若手の注目株としてマスコミに取り上げられることも多い世襲議員。

「倉科《くらしな》先生ですね。私に何かご用でしょうか？」

倉科家は、不動と同じく代々政治家を輩出している家柄だ。その御曹司《おんぞうし》が、自分にいったい何用があるというのか。

「君をまだ〝先生〟と呼べないのは実に残念だ」

倉科は、そんなふうに切り出した。

それだけで、不動はウンザリした気持ちにさせられる。

——厄介な人間のうちのひとり、というわけか……。

余計なことを考えていたために、呼び込みたくもない相手を呼び込んでしまったらしい。

一分一秒を惜しむほどに多忙だというのに。

議員の世襲を認めるか否かという議論が先送りされるなか、滑り込みのように議員バッジを手にした彼は、世襲批判の矢面《やおもて》に立たされながらも人気議員だ。爽やかさ際立つ甘いマスクに長身とくれば、年寄りの多い政治の世界において目立たないわけがない。

政治の世界もアイドルを欲しがっている。大衆の興味を政治に向けさせるためだ。その役目は、自分にも期待されている。客寄せパンダだとしか思えない。

「私は議員秘書の末席を汚すだけの存在でしかありません。群を抜いた得票数でトップ当選された人気議員である倉科先生に気にかけていただけるような者ではございません」

「そうかな？　古狸《ふるだぬき》たちが君を担ぎ出したがっているようだけど？」

「さあ？　一秘書でしかない私には、わかりかねることも多くございますので」

嫌味を言いたいだけなら、相手などしている暇はない。だが、先を急ぐふりで「失礼します」と踵《きびす》を返そうとすれば、今度は隣に並ばれる。いちいち一歩後ろをついてくる彼の秘書もご苦労なことだ。

「君が出馬したら、世間はさぞセンセーショナルに騒ぎ立てるだろうね。僕のほうこそ、歯牙《しが》にもかけてもらえなくなりそうだ」

だから出てくるなとでも言いたいのだろうか。そのわりに馴《な》れ馴《な》れしいが。

「お父上の地盤を引き継ぐのかい？」

「父はまだ健勝《けんしょう》ですので」

「新人議員でつくっている勉強会があるんだが、君が当選した暁《あかつき》にはぜひともお誘いしたいところだ」

「そうですか、ありがとうございます」

暇人め…と胸中で毒づきつつも、表面上は何食わぬ顔。右から左に適当に受け流す。

不動の無反応ぶりに倉科がムッとしはじめたタイミングで、背後から涼やかな声がかかった。

「先生、お時間が」

足を止めて振り返れば、倉科の秘書が腕時計を掲げてこちらに見せている。秘書の言うことなどはたして聞くのかと懸念《けねん》を覚える印象とはうらはらに、倉科は素直に頷いた。

「わかった」

もうそんな時間か…と応じて、踵を返す。

「今度、ゆっくりと時間をとってもらえると嬉《うれ》しいな」

去り際、そんな言葉とともに肩に軽く置かれる手。余裕を見せていても、その奥に不愉快さが見え隠れする。感情を消せないようでは、政治家としてまだまだ青い。青いからこその挑発ともいえるが。

廊下の先で、倉科の一歩後ろを歩く秘書が、さりげなく一礼を残していく。

特別、興味をひかれることもなく、不動もその場に背を向けた。

夜の世界の競争は激しく、不動は——いや、カズマは常に追われる身だった。芸能界も浮き沈み激しく、長く一線で活躍する如月は常にプレッシャーと闘っている。

それ以上に、政治の世界は厄介だ。夜の世界とは動く金の桁《けた》が違う上に、本物の権力がこの世界には存在する。罪のないところに罪を生み、ときには人の生命すら左右する、恐ろしい力だ。

ゆえに、妬みも嫉《そね》みも、その陰湿さや深さは一般社会の比ではない。

わかっていてもウンザリさせられる。

日々、こんなことの繰り返しだ。

繰り返しだから、些細《ささい》な挑発程度、気にもかけなかった。だから意識的に思考の外へ追いやった。

この時点では、その程度の問題としか——いや、問題以前の些末事《さまつじ》としか、不動の目には映っていなかったのだ。

3

楽屋のドアが開いたことに、気づいていながら気づかないふりをしていたら、顔を隠すように開いていた雑誌を、ひょいっと取り上げられた。

「おはよう」

「お、おはよう」

ニッコリと笑みをたたえたマネージャーに顔を覗き込まれて、如月《きさらぎ》は思わず仰《の》け反《ぞ》る。

デビューからずっと面倒をみてくれているチーフマネージャーの弓削《ゆげ》は、当時からまったくかわらないように見える童顔に人の悪い笑みを浮かべて、連絡もなく約束をやぶった担当俳優に、実ににこやかに苦言を呈してきた。

「迎えに行ったのに部屋はもぬけの殻で、どーしたのかなーと思ってたら、自力で来てたんだ」

手のかからない俳優でホント助かるよ、などと、字面だけ見れば誉め言葉だが、揶揄以外のなにものでもない言葉を間近にかけられて、如月は口許を引き攣《つ》らせつつ、視線を泳がせる。

「あー……はは、どうも」

そもそも誤魔化せると思ってやっているわけではないが、ついつい誤魔化そうとしてしまうのは、どうにも気恥ずかしさが抜けないからだ。

「――ったく、不動《ふどう》くんのマンションにいるなら、そう言ってくれればそっちに迎えに行くのに」

「……ごめん」

しょうがないねぇと腕組みで嘆息されて、つい身を小さくしてしまうのは、後ろめたいところがあるからだ。

長期ロケ後の休暇明けの今日、自宅に迎えに来てもらう予定になっていたのに、とうの自宅にいなかったために約束をやぶることになってしまって、なんとか自力で仕事場まで辿りついたわけだが、予定が狂った理由が理由だけに、いいわけの言葉も思いつかない。

結果、誤魔化すよりなくなるわけだが、如月の何から何までを把握する敏腕《びんわん》マネージャー相手に、付け焼き刃のおためごかしなど通じるわけがなかった。

「数カ月間遠距離恋愛状態だったわけだから、盛り上がるのもわかるけど、なにごともほどほどにね」

「……っ、べつに……っ」

「そう？　エネルギー充填《じゅうてん》完了！　って顔してるけど？」

クスクスと笑われて、如月はムスッと口を噤《つぐ》む。指摘通りの状況だったから、返す言葉がないのだ。

本当は、昨夜のうちに自宅に戻るつもりでいたのに、不動の帰りを待っているうちにソファで寝てしまって、気づいたときには、いつの間に帰宅したのか、まだ着替えてもいない不動にのしかかられた状態。そのまま行為にもつれこんでしまって結局帰りそびれ、朝になって慌てるはめに陥ったのだ。

「不動くんもタフだなぁ。代議士秘書って、死ぬほど忙しいはずなのに」

若いね…と笑うマネージャーは、下手《へた》すれば如月より若く見えそうな風貌でその実、ひとまわり近く歳上だ。歳の離れた弟のように接っされても、それはしょうがない。

取り上げられた雑誌が開いていたページもそのまま膝《ひざ》に戻されて、その上に企画書と思しき紙の束がバサリと置かれる。

「はい、これ。取材の合間に目を通しておいてね」

今日の仕事は、撮影が終了したばかりの映画のプロモーションの一環としてのインタビューだ。そうとう力を入れている様子だから、これからしばらくはあっちこっちひっぱりまわされることになる。その合間に、ドラマなどの撮影の仕事も入ってくるのだから、俳優業はなかなかの重労働だ。

「次の仕事?」

「連ドラだよ。受けていい話だと思ってるけど、どうしても嫌だったら言って」

あまり聞かない言いまわしに首をかしげつつ、書類をめくる。

企画主旨のまとめられた冒頭ページに視線を走らせてすぐに、如月は目を瞠《みは》った。またもヒクリと口許が引き攣る。

「……マネージャー、あの……」

これっていったい…と、如月が真意を問いたい気持ちにさせられたのにはわけがあったのだが、問いを投げる前にノックの音に会話を邪魔された。

「やあ、お帰り」

現れた人物の顔を見て、如月は反射的に腰を上げる。本来なら、如月のほうから挨拶に出向かなければならない相手だったからだ。

「羽柴《はしば》さん! いらっしゃったんですか?」

如月の憧れの存在、敬愛してやまない大物俳優が、私服姿でそこにいた。如月の父親世代の羽柴だが、若い女優としょっちゅう浮き名を流しているだけあって、ダンディで若々しい魅力にあふれている。

「話は聞いたよ。充実した撮影だったようだね」

「ありがとうございます。今日は収録ですか？」

「ああ、こちらも映画の番宣番組のね。如月くんの映画と公開がずれていてよかった、と言うべきかな」

洒落《しゃれ》のわかる大物は、そんな言葉とともにウインクを投げてくる。ウインクがさまになる日本人——しかもこの年齢の——なんて、如月は羽柴くらいしか知らない。

その羽柴は、如月が雑誌とともに放り出した企画書に目をとめて、口許に笑みを刻む。

「その仕事、もちろん受けるんだろう？」

また一緒に仕事ができるのが楽しみだ、というありがたい言葉だけではない、含みのある口調。それに耳を止める隙もなく、マネージャーが口をはさんでくる。

「羽柴さんは、もう出演を決められたんでしたね」

「おや、さすがに耳ざといねぇ」

同じドラマに、羽柴も出演するということらしい。

「監督とは長い付き合いでね。プロデューサーとも去年一緒に仕事をしているし、脚本はまだ第一話に取りかかりはじめたばかりだというから、実はひとつ提案したんだよ」

なんだか妙に楽しそうなふたりを、微妙に嫌な予感とともにうかがえば、羽柴は取り上げた書類を指先でピンッとはじいた。

「主人公の経歴を、元ホストにしたら面白いんじゃないか、ってね」

ニッコリと含みの多い笑み。隣でマネージャーが「なるほど」など不穏な呟きとともに手を打っている。

——この企画書本物か？

如月が疑ってしまうのも無理からぬことだ。

キャラクター紹介ページの一番上、主人公の欄に読み取れるのは「政治家」の文字。ふとしたきっかけで政治に興味をもった高卒の青年が、初当選を果たすまでの姿を描く、サクセスストーリーだと説明が添えられている。

「まさしく適役じゃないか。いや、運命と言うべきかな」

自分の言葉にうんうんと大きく頷《うなず》いて、羽柴はご機嫌だ。こういうところはやはり、年齢相応の感性かもしれない。

——笑えねぇ……。

頬を引き攣らせつつ、如月は胸中で毒づく。

休暇明けのはずなのに、休んだ気がしないのはなぜだろう。

日常は、まったりとした休暇の余韻を吹き飛ばす勢いで戻ってきた。

如月ほどのネームバリューともなれば、仕事を選ぶこともできるが、プロモーションなどのように絶対に断れない仕事は逆に多くなる。

とはいえ、有能なマネージャーがうまくスケジューリングしてくれるおかげで、肉体的にも精神的にも、無理を強いられることはほとんどないと言っていい。

「お疲れさまでした」

この日もほぼ予定通りに仕事を終えて、スタッフたちに声をかけ、如月はスタジオを出る。

「どっちに送ればいいのかな?」

マネージャーの楽しげな口調に「自宅だよ」と肩を竦めて返した。

「代議士秘書は死ぬほど忙しい、って言ったのはマネージャーじゃないか」

「連絡は取り合ってるんでしょう?」

「まあね。でも——」

言葉を切ったのは、スタジオのエントランスを出たすぐ先に、覚えのあるナンバーの車を認めたから。

「明日は午後入りだから、ゆっくりしてきていいよ」

如月が何か言う前に、マネージャーがポンと肩を叩く。別に待ち合わせしてたわけじゃ…といいわけが口をついて出かかったものの、結局は呑み込んだ。何もかもを知っているマネージャー相手に言っても意味はないと、最近になってようやく開き直ることを覚えたからだ。

マネージャーに見送られて車に駆け寄れば、内から開けられる助手席のドア。

「どうやらタイミングがよかったようだな」

約束などしていなかったのにどうしたのかと問えば、近くを通りかかったから寄ってみたのだと説明される。車中からメールを入れて、反応がなければ帰るつもりだったと言われた。どうやら本当にタイミングがよかったらしい。

どこへ行くのか、とりたてて尋ねもせず助手席に収まっていると、向かった先はレストラン。食事に来たのか…と、促されるまま車を降りた如月だったが、通された個室の煌びやかさに、さすがに感嘆の声を上げた。

「すごいな……」

「悪いが、おまえが忘れてる記念日でもなんでもない。――下見に付き合ってくれ」

「下見？」

記念日云々は肩を竦めることでサラリと流して、付け加えられた言葉の意味を問う。理解できないわけではないが、そんなことまでするのかと驚いたのだ。

「粗相《そそう》があっては困る相手用のセッティングだ。懇意の店が使えればいいんだが、洋食派らしくてな」

通常なら料亭に座敷を用意するところ、フレンチかイタリアンで適当な店を探さなくてはならなくなったということらしい。個人的に行きつけの店がいくつかあっても、店の格や内装などから想像のつく価格帯まで考慮すると、相手によっては新規開拓の必要もあるだろう。

「こんな店でひとりで食事をしてもつまらん」

なるほど、それで如月の仕事が終わっているのなら連れ出そうと考えたわけか。

サービスなどのチェックも兼ねているのだろうからしかたがないにしても、個室にひとりはたしかにきつい。

予約が入れてあったらしく、料理もアルコールも、ほどなくして運ばれてくる。

感動するほどではないが、どれも無難に美味《うま》かった。店の雰囲気や高級感などを加味すれば、よほどの美食家でもない限りは満足して帰るだろう。不動は料理の味以上に、サービスを細かくチェックしていたようで、店員教育に合格点をつけていた。

「傍目《はため》に見るのと聞くのとじゃ、大違いだな」

食後のコーヒーは、ホテルスタイルの薄めで上品な味だ。それに物足りなさを感じつつも、ごちそうになった礼を言い、秘書業を労《ねぎら》う。

「どの業界もそんなものだろう？」

「まぁ、そうだけどさ。——俺、次は政治家だってさ」

唐突な言葉も、不動には推察可能だ。

「……ドラマか？」

おまえが？　というニュアンスがありありとうかがえる声音に多少カチンときて、それなら…と、そろそろパターン化しはじめた言葉を口にする。

「連ドラ。羽柴さんも一緒」

途端、不動の眉間に刻まれる深い皺。

溜飲《りゅういん》を下げた如月は、ククッとこらえきれなかった笑いを零す。それを見て、不動はやれやれと長嘆した。

「ますます性悪になったな」

「おまえが素直に反応しすぎるんだ」

いいかげん成長しろと揶揄すれば、

「それとこれとは話が別だ」

ムッとした顔でコーヒーに口をつける。その子どもじみた反応を見て、如月は本当に大丈夫なのかといささか心配になった。

「そんな調子で、親父さんとうまくやれてんのかよ？」

「なんとかな」

「――ったく、頑固者だなぁ、どっちも」

以前に一度、父子ひと括《くく》りに怒鳴りつけたことがあるのだ。似たもの親子でまったく手がかかる、と。

「せっかくずっと傍にいられるんだぞ？　盗み取ってやるくらいのつもりでレクチャー受けてりゃいいだろうが」

「言われなくても、おとなしく言うことを聞いてる」

「どうだか。おまえのことだから、いちいちチクチクと返してるんじゃないのか」

「……」

黙るので、ほらな、やっぱり…と呆れれば、不動は別のことが気になった様子で、顔を上げた。

「おまえは？」

問い返されて、「俺？」と聞き返す。何を訊かれているのか、そのあとで理解して、「ああ」と頷いた。

「うちはずっといないからな」

教えを請うとか、親子関係がうまくいっているかとか、それ以前の問題だと返せば、不動はゆるりと目を見開いて、それから口を引き結んだ。

「そうか……」

「だから、喧嘩してる暇があったら、教わったことを俺にレクチャーしろよ」

役づくりに協力しろと言えば、

「あいつを真似《まね》たら、悪役《ヒール》になるぞ」

なんとも可愛げのないセリフが返されて、如月は長嘆に濃い呆れを滲ませた。「しょうがねぇなぁ」と呟いて、温《ぬる》くなったコーヒーを飲み干す。

「うちくるか？」

このあとの予定を問えば、

「残念なことに、明日は早朝から地方なんだ」

朝一の飛行機に乗らなければならないのだと返される。しかも、今夜中に必要書類をまとめなければならないオプションつきだとかで、さすがの不動もいささかウンザリした顔だ。

「これからは、こういうのも増えてくるよな」

思ったようにスケジュールが合わなくてすれ違いになったり、下手すると月単位で会えなかったり。

「それがわかってて、何も言わずに海外ロケに行ったんじゃなかったのか？」

「まだ根に持ってんのかよ」

仕事なのだからしょうがないではないかと嘆息すれば、「言ってみただけだ」と返される。「できるだけ時間をつくるさ」とこともなげに言うのを聞いて、如月は「無理すんな」と諌《いさ》めた。

「おまえのほうが融通きかないだろ」

「おまえのほうが自由がきかないはずだ。——目立つからな、その顔は」

お互いさまなことを強調されて、如月は「眼鏡ごときで隠せると思ってんのか」とやり返す。そして、「じゃあ——」と言葉を継いだ。

「こういう場所はうってつけってわけだ」

ニヤリと、含みのある笑みを向ける。

それを受けた不動は、コーヒーカップを置いて、腰を上げた。テーブルをまわり込んで、背後から如月の首にスルリと長い指を滑らせる。

「やっぱり邪魔だな、これ」

背後の男を仰ぎ見て、手を伸ばし、眼鏡を取り上げた。今後、これが合図になりそうでなんだかな…と、微妙な気持ちに駆られながらも、落ちてきた唇を受けとめる。

時間や距離といった、本来は関係を阻《はば》むものであるはずのなんらかの制約が、感情を煽ることはままあるものだ。ただでさえ人目をはばかる関係であるところへ、さらに制約が追加されればなおのこと。

椅子から引き上げられ、部屋をぐるりと取り囲むようにつくられたワインセラー――壁一面にワインが収められている――に、背中をあずける恰好《かっこう》で押さえ込まれる。食事が終わった今、個室のドアが外から開かれることはない。完全にふたりきりの空間だ。

「発情してる顔だ」

鼻先を突き合わせて、互いの瞳の奥を見据えながら、じかに触れることのかなわない体温をたしかめ合う。

「ひとのこと言えるのかよ」

不遜な言葉ばかりを吐く唇に軽く噛みつけば、低い笑いとともに今一度深く合わされた。

「……んっ、は……ぁっ」

馴染んだ愛撫が、身体の芯を震わせる。

流されるわけにいかないと自制する心が、より深い飢餓《きが》感を生む。

あふれる吐息の甘さにすら酔って、まさぐり合う抱擁にしばし我を忘れる。

「……なんだ？」

口づけの合間に小さな笑いが零れて、それを咎《とが》められる。

「いや……なんか、不倫してるみてぇ」

込み上げる笑いに喉を鳴らしながら茶化した言葉を返せば、はだけた肩口に歯を立てられた。

筋肉の隆起をなぞるように唇が肌を伝い落ちていく。胸の突起を舐《ねぶ》って、それから臍《へそ》を辿り、下腹部へ。不動が足元に跪いて、ぴったりと腰をおおう細身のパンツが下着ごとずらされる。すでに兆した欲望が、熱い口腔に捕らわれた。

「……っ！　は…ぁっ、んっ、師…眞……」

長い指を黒髪に差し込んで、もっと…と引き寄せてしまう。如月の感じる場所を知りつくした愛撫が、昂《たかぶ》った欲望を瞬く間に頂へと押し上げた。

「……っ！　あ……ぁ……」

情欲を嚥下《えんげ》する生々しい音が、如月の欲望をさら焚《た》きつけて、こんな場所だというのに後戻りがきかなくなる。

放ったばかりで敏感になった欲望に、長い指が絡む。腰を上げた不動が、燻る余韻を焚きつけるように、耳の後ろのあたりに唇を寄せた。髪に隠れる場所に、淡い愛撫が降らされる。

「座れよ。俺もしてやる」

スーツが皺になるから椅子に座るようにと促せば、「このままで」と耳朶《じだ》に囁く甘い声。互いの欲望をまとめて握り込む大きな手。胸ポケットから抜き取ったチーフで、それを包み込む。

「なんか、すげぇクるんだけど、この光景」

じわじわとチーフを汚す情欲と、互いの頬や首筋に降らす愛撫と。

「お気に召したのならよかった」

耳朶をくすぐる茶化したセリフには、自分もその場に手を添えることで答える。

「熱い……おまえの……」

「ああ……」

男同士だからこそ味わえる快楽を、濡れた吐息と掠《かす》れた声とともに愉しんで、ふたりはともに頂を見た。

「は…ぁっ」

「く……っ」

跳ねる腰を抱き込む腕の力強さと、深く浅く咬み合うキスの味。

抱擁を解くのに、常以上の時間を要した。物足りなさを、次への期待と情熱に変えて、なんとか身体を放すことに成功する。

最後にもう一度だけ軽いキスを交わして、ふたりは店を出た。


何気なく車窓に視線を巡らせた倉科《くらしな》は、路地の向こう、もう一本奥の細い通りに停まる車の存在に目をとめた。正確には、それに乗り込もうとするふたりの人物に。

「なあ、あれ、なんに見える？」

隣に座る秘書に問う。訊かれた彼は、倉科の示すほうへと視線を投げて、涼やかな瞳を瞬いた。

「……？　俳優の如月柊士《しゅうじ》、でしょうか」

はじめに、薄い色のサングラスをした長身の人物を言い当てる。それから、一緒にいらっしゃるのは不動議員のご子息ですね、と言葉を継いだ。薄暗い街灯の下だからはっきりと見えるわけではないが、倉科の見解も同様だ。

「面白い組み合わせだと思わないか」

「先生？」

聡明な秘書の向ける眼差しにいくらかの非難が込められているのを承知で、彼は口許に愉快そうな笑みを浮かべる。

「楽しくなりそうだな」

その呟きは、悪戯を思いついた子どもの無邪気さをもって、秘書の耳に届いた。

4

撮影つきのインタビュー取材のために映画情報誌の編集部が用意したのは、雰囲気のいいビアバーだった。営業は夕方からで、昼間だけ撮影用に借りたらしい。奥に個室があって、そこをヘアメイク用の控室に使えることが決め手だったようだ。

いささか拘《こだわ》りすぎのカメラマンに多少辟易《へきえき》させられたものの、撮影はほぼ順調に進み、インタビューも滞《とどこお》りなく終了した。このあとは事務所に立ち寄っていくつかの確認をしたあと、食事をしながら打ち合わせをしてお開きだ。

迎えの車に乗り込もうとした如月《きさらぎ》は、反対側から同じく車に乗り込もうとするマネージャーが、いつも穏やかな容貌にわずかばかりの厳しさを滲《にじ》ませて周囲に注意を巡らせているのに気づいた。

「どうかした？」

乗り込みながら尋ねれば、マネージャーも逆側から乗ってドアを閉め、それから「うるさいハエが飛んでるね」と、童顔に似合わぬ悪態をつく。

「カメラ？」

気づかなかったな…と返せば、「大手ならいいんだけどね」と思案のそぶりをみせた。

「最近大きな話題がないから、ネタがほしいのかも」

「騒ぎになればまたかって言われるし、いい子にしてれば勝手に騒ぐし」

ウンザリと言ってシートに背を沈めれば、「騒いでもらえるうちが華だよ」と諌められる。それはわかっているが、あまりにも勝手な反応をされると、ときにはいいかげんにしろと怒鳴りたくもなるというものだ。

「僕も気をつけるから、とくに不動《ふどう》くんと会うときは注意してね」

向こうにも迷惑がかかりかねないから、と言われて、長嘆とともに頷く。よほどのことでもない限り、ふたりの本当の関係が疑われることはないだろうが、興味本位に騒がれるのもうっとうしい。

「そのセリフ、あいつに聞かせてよ」

ぐったり気味に言えば、

「ふたりのことなんだから、投げないの」

真面目に考えなさいといいなされる。

それに肩を竦めることで返す如月も、苦言を呈した側のマネージャーも、このときはさほどの危機感を持ってはいなかった。

他人事ではないスキャンダルが飛び込んできたのは、この数日後のことだ。


如月が所属する芸能事務所は、俳優養成所を系列会社に持つ、業界では名の知れた大手だ。

とはいえ、一般企業と比べれば、芸能事務所などどこも中小零細《れいさい》企業レベルの事業規模しかないのが普通で、大手といってもたかが知れている。

同業界内における影響力は所属タレントが生みだす収益によって、強まりもすれば弱まりもする。すべては売れっ子を育てられるか否かにかかっている。そして、数多くの売れっ子を発掘し、育て、売り出す力を持ったプロデューサー——事務所の社長だったりマネージャーだったり——の存在が、何より一番、業界内に発言力をもたらすのだ。

如月の所属事務所において、金の卵を取り上げる目を持つのは社長だ。その卵を正しく育てる役目を負うのがマネージャーといえる。

つまり、人気俳優やタレントが多く所属しているということは、優秀な社員が多く所属している、ということになるのだ。――社長がよほどのワンマン経営でない限りは、と注釈がつくが。

弓削《ゆげ》の有能ぶりを見ても、発掘と育成のシステムがうまくまわっていることは明白で、その証拠として、如月の所属事務所には、ほかにも人気俳優が多く所属している。それぞれに有能なマネージャーがついて、おのおののスタンスに合った仕事をしている。

だが、以前の如月がそうであったように、人気者であるということは、注目を集めやすく、またスキャンダルも呼び込みやすいということだ。マスコミは、味方にもなれば敵にもなる。

そんなことは、いまさら誰に言われずとも充分にわかりきっているだろう、俳優本人はもちろん、まわりのスタッフも、もちろん事務所の社長も。

だというのに、事務所において如月と肩を並べるほどの人気俳優にかかわる衝撃的なニュースが、ワイドショーが事前に用意していたネタをすべて吹き飛ばす勢いで舞い降りたのは、週明け早々のことだった。

「……は？」

楽屋のテーブルにバサリと広げられた週刊誌に踊る文字を見て、如月は目を瞠った。前ふりも何もなく雑誌を広げて見せたマネージャーは、次にテレビをつけて、ワイドショーにチャンネルを合わせる。その画面の隅にも、週刊誌と同じ単語が読み取れた。

「藤咲《ふじさき》が……？」

ワイドショーの司会者がけたたましく連呼しているのは、如月の数歳後輩にあたる俳優の名だった。昨今流行《はや》りの草食系というのか、如月とは対極にあるタイプの実力派だ。その可愛らしいと称してさしつかえのない容貌が、テレビ画面に大写しになっている。

「社長も緒方《担当マネージャー》くんも承知の上らしいんだけどね。さすがに公にするつもりはなかったらしいんだけど、嗅《か》ぎつかれちゃったみたいで……」

「承知って……マジ？」

如月が驚くのも無理はない。週刊誌やワイドショーが報じているのは、芸能人なら誰でも一度は洗礼を受けるタイプのスキャンダルではないのだ。

「式挙げたって……ネタじゃなくて？」

テレビ番組のドッキリ企画や何かの悪戯ではないのかと、普通ならまず疑うだろう。

「大マジ」

マネージャーの、短いながらも疑いようのない返答を聞いて、如月は唖然《あぜん》と呟きを落とした。

「……藤咲って、そうだったんだ……」

寝耳に水というか驚嘆というか、なんとも形容のしがたい気分だ。同じ事務所に所属する人気俳優が、同性結婚をマスコミにすっぱ抜かれたなんて……。

もしかして、マネージャーが気にかけていたパパラッチの目は、これがらみだったのだろうか。事務所や周辺の動向をうかがっていたのだとすれば、考えられる。

「相手の彼って、最近雑誌でもよく名前を見るフレンチシェフだろう？」

「実際には、和洋中イタリアン、なんでもござれらしいけどね。ついでにパティシエもできるって。彼の店、半分は藤咲くんの出資らしいよ」

「へーえ……」

週刊誌もワイドショーも、報じている内容はほぼ変わらない。若手人気俳優がイケメン人気シェフと海外で極秘に挙式したというものだ。週刊誌のほうにだけ、かなりの遠距離から望遠レンズで隠し撮りされたと思しき、白タキシード姿のふたりが寄りそう写真が掲載されている。どうやらこの雑誌が——パパラッチから買い取っただけだろうが——一番にすっぱ抜いたあと、テレビなどが騒ぎはじめたらしい。

「花でも贈っとくかな」

無反応を決め込むのもどうなのか…と思わされるのは、向こうが知るよしもないことではあるが、嫌でも共感を覚えてしまうからだ。

「借りもあるしね」

マネージャーも、喜ばれこそすれ、嫌がられはしないのではないかと返してくる。

「そーいやそーでした」

同じ事務所に所属しているからといって、個人的な付き合いがあるかといえばそうでもない。特に藤咲悠《はるか》とは全然タイプが違うから、顔を合わせれば挨拶くらいはするものの、それだけだ。

だが、不動と再会して間もないころ、決まっていたドラマを降板せざるを得ない状況が起きたときに、その穴埋めをしてもらった過去がある。同事務所内で尻ぬぐいをした恰好だ。幸いドラマはヒットして、それを機に藤咲もブレイクした。

その人気者が、リスクを承知で海外挙式だなんて……しかも、社長も担当マネージャーも承知の上だというから、ふたりの覚悟がうかがえるというものだ。

社長もマネージャーも当然反対したはずだ。付き合うだけならともかく、なんらかの証拠が残るような行為は避けたほうがいいと助言したに違いない。

藤咲の担当の緒方《おがた》のことは評判くらいしか聞かないが、事務所では弓削と並ぶ敏腕だというし、社長は温かいながらも厳しい人だ。そのふたりが首を縦に振ったのだとすれば、ふたりが相応の態度を示したということになる。

無意識にも、如月は腰骨のあたりをさすっていた。

主役降板の憂《う》き目となった原因は、己への戒めとしてまだ残してある。不動と再会するまで、自分の気持ちに気づけなくて、本気で人を愛することができなくて、下世話《げせわ》なスキャンダルにまみれ、自意識過剰ではなく多くの女性を泣かせた。思いつめたそのなかのひとりに刺されたのだ。いままでは当然の報いだったと思っている。

「……何？」

マネージャーの視線を感じて、見るともなしにテレビ画面に向けていた視線を横に向ければ、そこにはあまり見ない類の表情を浮かべたマネージャーの顔があった。

「いまさら怖くなった？」

言われた言葉にゆるりと目を瞠って、それから口許に苦い笑みを浮かべる。

「ちょっとね」

軽さを強調した言葉とともに肩を竦めれば、マネージャーも口許をゆるめる。

「そのリスクも承知の上で、不動君をあっちの世界に行かせたんじゃなかったの？」

「まぁ……そうなんだけどさ」

公表するつもりはないし、バレていいとも思ってはいないが、万が一の事態がないとは言いきれない。以前、羽柴《はしば》にも言われたことがある。ホストと代議士秘書では、世間の受けとめ方は全然違う、と……。

「なんでもお見通しだね、マネージャー」

困った顔を向ければ、「それなりに長い付き合いですから」と返される。穏やかなのに頼れる笑みに背を押されて、如月は言葉を継いだ。

「考えないわけじゃなかったけど、実際にこういうの目にすると……結構怖いもんだな、って思ってさ」

週刊誌もワイドショーも、いまはまだ事実を報じるのに精いっぱいの様子で、世間の反応もさまざま。才能ある若手俳優と料理人の人生にとって、凶と出るか吉と出るかはわからない。

一昔前なら、そうした噂が囁《ささや》かれるだけでも大問題だった芸能界も、最近はずいぶんとおおらかになった。だからといって安心はできない。世論など、マスコミの扇動でいかようにも変わるものだ。

「不動君は、覚悟の上だと思うよ。政治の世界に渦巻く欲望は、芸能界なんて比じゃないからね」

万が一の事態が起きたときに、よりダメージが大きいのは不動のほうだ。代議士秘書の肩書を背負う今現在はもちろんのこと、代議士と呼ばれるようになれば、いっそう危険は高まる。

有権者にとっての良い政治家が、政界にとって良い政治家とは限らない。突出しすぎれば、足を掬《すく》われる。

ときおりスケープゴートのように検察の標的にされる政治家がいるが、彼ら以上の悪が背後に潜んでいることくらい、民衆は当然気づいている。鬼の首をとったかのように騒ぎ立てるのは権力に媚《こび》を売りたいマスコミだけだ。そんな浅はかな報道を鵜《う》呑《の》みにするほど有権者はバカではない。

だが悲しいかな、世論を形成するのは、そうした背景を酌《く》み取れる良識的な人間ばかりではないのが現実で、だからこそ気をつけなければならない。何が不動にとってのアキレス腱《けん》になるかわからないのだ。

「俺の百倍は頭のいいヤツだから、先の先の先まで考えてるはずだ。——と、思いたいところだけどね」

不動の頭の回転が鈍ることがあるとすれば、自分がらみしかありえない。

そんな、事実でありながらも惚気《のろけ》にしか聞こえないことを呟けば、マネージャーは呆れの奥に安堵《あんど》のうかがえる顔で「ごちそうさま」と肩を竦めた。

経済紙、一般紙に加えてスポーツ新聞や芸能週刊誌にまで目を通すのは、タレント化する政治家の動向をチェックするためという大義名分によってではあるものの、もちろんそれだけではありえない。

ひとつのニュースに対して新聞によって論調が違うのと同様に、如月に好意的な芸能週刊誌もあれば、些細なことでも悪意たっぷりに報じるところもある。そうした情報はすでに頭にインプットされているものの、今後はさらに細かくチェックをする必要があるな……と、不動は紙面やワイドショーを賑《にぎ》わせる決して他人事と笑い飛ばせないニュースに目を走らせながら、胸中でひっそりと嘆息した。

すでに、如月のマネージャーからは、注意を払うようにと釘を刺すメールが届いている。如月にかかわる問題においては、誰よりも敵にまわせない人物だ。忠言は真摯に聞かなければならない。

だがその前に……。

不動は、デスクに張りつけた電話のメモに視線を落とす。ひとつだけ、どうにも看過《かんか》しかねるアポイントがあった。

――……ったく、厄介な……。

胸中で毒づく分には、誰に咎められることもない。

そんなことを思いつつメモを睨んでいたら、奥の部屋のドアが開いて、傍《かたわ》らに立つ人の気配。それが大変よく見知ったものであることにすぐに気づいて、「やはりそういうことか……」と不動は非難のこもった視線を上げた。

そこには、実に不愉快なことにも自分と良く似た相貌があって、こちらを見下ろしている。その視線は、不動の手元のメモに落とされていた。

「官房長からお声がかかったそうだな」

「お耳が早いですね」

現内閣の顔とも言うべき官房長官は、妙齢《みょうれい》の女性だ。いったいどこで見染められたのか、秘書経由で食事の誘いがあったのだ。当然、食事だけで済むわけがない。

「何があったのか、お聞きしても？」

不動は、単刀直入に切り込んだ。

「どういう意味だ？」

問い返されて、いまさら誤魔化さなくてもいいではないかと、揶揄の滲んだ笑みを傍らの男に向ける。

「私は彼女から何を引き出してくれればよろしいので？　代議士《せんせい》は何をお求めです？」

息子を手駒《てごま》として売り渡してでも欲しいものとは何か、官房長とどんなかけひきをしてくればいいのか。自分が知る限り思い当たる問題はない。だとすれば、水面下で何かあったのだろう？　と問う。父は眉間に深い皺を刻んだ。

「何もない」

即答されて、今度は不動の眉間の皺を刻む。その息子の顔を見下ろして、父は不動の想像外の言葉を紡いだ。

「行く気があるのなら、自分のために行くことだ」

その言葉は、不動の眉間の皺を極限まで深めるに充分な威力を持っていた。ありていに言えば、父の言葉の意味を理解できなかったのだ。

「将来的に使える伝手だと、お前自身が判断するのであれば、利用すればいいと言っているんだ。不動騏一《きいち》の秘書として出向く必要はない」

つまり、受けようが断ろうが、不動騏一への影響を考慮する必要はないと言われているのだ。

「期待に背いて悪いが、おまえの知らない水面下のアレコレなど、何もない。あの女狐《めぎつね》が何を企《たくら》もうと私の知ったことではないし、私の政治活動になんら影響するものではないからな」

不動騏一のために下賤《げせん》な欲にまみれた中年女の機嫌をとる必要はないと言いきる。

「だが、初の女性総理の椅子に一番近いと言われているのも事実だ。自分で判断しろ」

政治の世界は欲にまみれている。ありとあらゆる種類の欲だ。その汚濁にまみれる勇気はあるのかと、挑発されているのだと理解した。

「己の手の内でコントロールできる欲でなければ、まみれる意味はありません」

不動は、己の価値観に従って言葉を返す。

「甘いな。ときには溺《おぼ》れてみせることも必要だ。敵を侮《あなど》らせることができる」

父は一笑に付した。

「愛だ恋だと、青臭いことを言っている限り、おまえに政治家など務まらん」

さっさと如月と手を切れと、言われているのだと察する。受け入れ難い上に、賛同しかねる意見だが、あえて言葉は返さなかった。堂々巡りになるのは目に見えている。

奥の部屋へと消える広い背を、不動は無言で見送る。

まったく悪意に満ちた言葉ばかりでないのがなんとも忌々《いまいま》しい。

事実、官房長官の誘いから感じ取れるのは、政治的かけひきではなく、不動自身に対するもっと下世話な興味だ。店に通いつめてカズマに投資していたマダムたちと同種の匂い。

閉ざされたドアに視線を投げる。

あのふてぶてしい男が、女性官房長官ごときにどうこうされるわけもない。個人的な好悪の感情に関係なく、不動騏一の実力を、不動は冷静にそう分析している。

けれど……。

取り上げたメモに視線を落とす。破り捨てる手が、無意識にも一瞬の躊躇《ちゅうちょ》を見せる。それが、不動の眉間の皺をさらに深めた。


メールには「ほとぼりが冷めるまで会うのは避けよう」と書いたはずなのに。

タクシーを呼びに行ったマネージャーから外に見覚えのある車が停まっていると知らされた如月は、スタジオのロビーでマネージャーに別れを告げて、慌てて飛び出してきた。

——あいつ……。

何を考えているのかと口中で毒づきつつも、如月は周囲の目を気にしつつ大股に車に歩み寄って、窓を拳でコツンとひとつ鳴らし、ドアロックが解除されたのを確認して助手席にサッと滑り込む。

「ダメだって言ったろうが」

開口一番文句を垂れれば、返す言葉のかわりにウインカーが出された。さっさと車を出そうとしているのだ。

「聞いてんのかよ」

「聞こえてる」

いつものすまし顔にぞんざいな言い草。如月は深い息を吐いて、シートに背を沈ませる。

「——ったく。言っても聞かねぇんだからな」

しょうがないと諦めて、どこへ行くのかと問う。「うちだ」と返されて、「ちょっと待て」ととめた。

「おまえの部屋でもいいが？」

「もっと悪いだろ！」

「同じ事務所だからってだけで自粛《じしゅく》の必要があるのか？」

「だから——」

言いかけた言葉を、如月は長嘆とともに呑み込んだ。

「バッシングは起きてないように見えるが？」

ステアリングを操りながら、不動は如月が呑み込んだ言葉に繋がる指摘を投げてくる。例の藤咲悠の一件だ。

マスコミに叩かれるかと思いきや、意外にも好意的な論調が主流なのは、あのあと本人がカメラの前に立って、隠し立てすることなく事実関係を報告したためだ。大きな目に涙をいっぱいに溜めて、それでも毅然《きぜん》とカメラと向き合う姿は、共感を呼びこそすれ、大きな反発は起こらなかった。

とはいえ、割合からすれば六対四といったところか。六には「別にいいんじゃない？」といった無関心層も含まれるし、四には嫌悪感も露わに露骨な拒絶を見せる層まで含まれるから、好意的とはいっても微妙なラインだ。どちらかといえば、マスコミがそう仕向けている節がある。これまでのイメージ戦略と社長の人脈の賜物《たまもの》だろう。

「明日には真逆のことを言ってる可能性もあるのがマスコミってやつだ。慎重になって悪いことはない」

「らしくないな。おまえなら、『くそくらえ』くらい言うかと思っていたが」

自分ひとりのことだったら、如月だって気にしにやしない。そうじゃないから注意を払っているのだ。

だというのに……！

「お……い？　師眞《かずま》？」

如月のマンション近く、路肩《ろかた》に車を停めたと思ったら、ふいにおおいかぶさられて、如月は慌てた。街灯の下でなくとも、都会の夜はどこも明るい。車内がどんなに薄暗くても、覗かれる危険がないとは言いきれない。

「やめ……バカッ、こんな場所で……っ」

真上から押さえ込まれたなら膝蹴《ひざげ》りのひとつもお見舞いするところだが、車のなかではそうはいかない。しかもシートベルトをしたままだ。

「師……、……っ」

口づけというのは、多くのものを伝えてくれる。言葉にしない、できない、感情の機微《きび》まで、ときには交わす熱を通して伝わって、だから厄介なのだ。

肩を押し返そうとする腕から力が抜けかかって、如月は胸中で毒づく。後頭部を殴りつけて引き剥《は》がすのは容易《たやす》いが、臍を曲げられるとのちのち面倒だ。何より「なんか拗ねてんなぁ」などと思ってしまう、自身の感情こそ厄介でしかたない。

「おまえ、何を苛ついてるんだ？」

唇を食む淡いキスの合間に問えば、

「苛ついてなどいない」

吐き捨てる言葉とともに再び唇が塞がれる。

「嘘…つけ。親父さん…となんかあったんだ…ろ？」

口づけを深めてこようとするのに抗いつつも言えば、「何もない」と短い返答が唇に触れる。薄暗い車中で互いの瞳の奥を見据えて、今度は如月が「そーかよ」と吐き捨てた。

ならもういい、と呟いて、目の前にある唇に噛みつく。

「……っ」

不動が怯んだすきに身体を押しやって、車外へ逃れた。

「ひとりで勝手に拗ねてろよっ」

抜けるかという勢いでドアを閉めて、大股に二車線道路を渡り、マンションのエントランスをくぐった。

こちらは不動の今後のことまで考えて気を遣っているのに、甘えたいがためだけにリスクを冒《おか》されたのではたまったものではない。

だが、部屋に上がり、リビングのソファに荷物を放り投げたところで、玄関ドアの開く音を聞いた如月は、直後に背後から抱き竦められて反射的に抗った。だが、肩口に食いつかれて、腰にまわされた腕をはたくにとどめる。

「おい、車！　この辺は駐禁が厳し……」

いいかげんにしろと諫めれば、耳朶に低く響く不服げな声。

「そんなにバレるのが怖いのか」

非難のこもった聞き方をされれば、心では逆のことを思っていたとしても、質問者が望まぬ言葉を返してしまいがちだ。

「あたりまえだろうがっ！」

さまざまな理由あっての結論ではあるものの、不動の望まぬ言葉であったことは明白で、「そうか」と耳の後ろから聞こえたかと思ったら、乱暴に顎を掴まれて、無理な体勢で唇を合わされた。

「ん……う、…っ」

だから、キスは厄介なのだと、如月は今一度胸中で毒づく。

ややしてソファに背中から倒されたときには、すっかり息は上がって、またも「しょうがないな」なんて気持ちになっていた。

だから、コトが終わるまでに「どうしたんだ？」との問いに不動が答えてさえいれば、如月は全部許してやっただろう。その上で、自分が何を懸念しているのか、ちゃんと話したはずだ。

なのに不動は、何も言わず、ただ如月を求めるだけ。受け入れろと言われても、それは傲慢というものだ。

「ヤりたいだけなら出てけ」

荒々しい熱が去ったあと、如月は不動の肩を押しのけ、静かな憤りを向けた。だが不動は動かない。

焦れた如月は、自ら己のテリトリーを放棄した。

「しばらく顔見せるな」

自分が何を怒っているのか、わからないのなら会いたくないと言いおいて、部屋を出る。如月の言いたいことくらいわからない不動ではない。その証拠に、男は慌てて追いかけてきたりはしなかった。


縋る熱を与えてくれながらも、甘えることをよしとしない背中は、微塵の未練も見せずドアの向こうへと消えた。

「――ったく、相変わらず容赦のないことだな」

ひとり残された広い部屋の真ん中で、不動は自嘲《じちょう》気味に呟く。

愚痴《ぐち》っても甘えても、それを共有するのなら、如月は許してくれる。そうして昇華したあとに、成長が待っているというのが信念だからだ。たとえ解決策が見つからなくても、模索することはできる。そこにこそ意味がある。

それは不動にも理解できる。

理解できるが、実行できるかというとなかなか難しい。

如月は、一度腹を割った相手には、思いがけず素直な性質だ。本人がそれを自覚しているか無意識の行動なのかは別として、マネージャーを頼る姿からもそれがうかがえる。

だが不動は、幼いころから腹のなかに溜まったあれこれを、外に吐き出して処理するのではなく、身の内で処理することをよしとして育てられてきた。

父の仕事や、そこからもたらされる期待といった、環境が一番の要因だが、兄弟がないことも大きく影響しているだろうと、不動は自分で自分を分析する。

大人のなかで育った子どもは、えてして早熟で聡明なかわりに、子どもらしさや素直さを失う。子どもらしい我が儘が許されず、我慢を強いられる場面が多いからだ。「ご立派な跡取りで」「これで不動の家も安泰ですな」などといった言葉の意味を、幼い子どもが理解していないと思ったら大間違いだ。大人の価値観でしかないそうした言葉が、子どもの感情をどれほど縛るか、無責任な周囲は考えもしないのだろう。

だからいまさら、「自分のためだけを考えろ」と言われても困るのだ。

――『不動駿一の秘書として出向く必要はない』

官房長官からの誘いに対しての父の言葉が鼓膜に蘇る。

家に背を向けていたホスト時代ならいざ知らず、今は父の背を見ている。その状況で、家や父のことではなく、自分のため、とは……。

「家主のいない部屋ほど、居心地の悪いものはないな」

ホストとして生きていた間も、己の内に消えずにあった枷《かせ》は、そう簡単に消せるものでも飛び越えられるものでもない。ゆえに、ここで凹《へこ》んでいたところで意味はない。そのくらいの判断力は持ち合わせている。


目的地に辿りつくまでに頭を冷やしたくて、途中でタクシーを降りた。運転手は如月に気づいている様子だったから、行き先を知られるのを避けるためもある。

深夜の住宅街は静かで、靴音すら闇に響く。

いささか無茶をされた腰をさすりつつ、それでも大股に先を急いでいた如月は、自分の足音に重なる靴音を聞いて足を止めた。カツカツとヒールを鳴らして歩く、いかにもキッそうなその足取りが、知る人物を思い起こさせたからだ。

駅方面から歩いてくるのだろう足音の主を、三つ辻の角、ガードレールに腰をあずけて待つ。案の定、街灯に照らされて逆光になってはいるが、覚えのあるシルエットが姿を現した。

「あら」

長身の女性は、如月の顔をみとめて足を止める。ひとまわりほど歳上の美女だ。

長く豊かな髪を後ろでひとつにまとめ、背中にたらしている。肩には大きなショルダーバッグ、シンプルなパンツスーツに、やや高めだが安定感のあるヒールの靴といういでたちが、バリバリと仕事をこなすキャリアウーマンであることを物語っている。

「久しぶり」

言葉とともに如月が腰を上げれば、歳上の美女は「そういえば帰ってたんだったわね」と、傍らに立った。

「どうしたの？　こんな時間に」

「んー……、ちょっと……」

まさか恋人と喧嘩して出てきましたとも言えず口ごもる如月に、女性は首を傾げたものの、さして気にする様子もなく、手に下げたコンビニのレジ袋を掲げてみせる。

「まあいいわ。晩酌《ばんしゃく》に付き合ってちょうだい」

終電を乗りすごしたあと、コンビニの前でタクシーを降りて買い物をすませ、店から歩いてきたらしい。

「この時間に？　肉になるぞ」

「可愛げのないこと言わないの。――はい」

レジ袋を押しつけられて、素直に持つ。ずっしりといったい何がこんなに重いのかと思えば、ビールやチューハイの缶が五本ほど入っていた。

「つまみは？」

「冷蔵庫にもらいもののサラミとチーズがあるわ。お腹すいてるの？」

「いや、酒があればいいよ」

足を踏み出せば、女性は如月の腕に腕を絡めてくる。

「また引き締まったわねぇ。筋トレしてる？」

「ジムには通ってるよ。トレーナーつけてもらってるし」

シャツの上から腹を撫でられても咎めない。その様子は、傍目に仲の良いカップルにも見えるだろう。歳上の彼女が歳下の彼氏を甘やかしている微笑ましい光景だ。

見る者がどう受け取るか。話題をしかける側にとっては、問題はそこだけだと言っても過言ではない。真実など、のちのち判明しようが迷宮入りしようが、どうでもいいのだ。

「……？」

何かの気配を感じて、如月は足を止める。

「柊士《しゅうじ》？」

どうかした？　と訊かれて、「いや、なんでもない」と首を横に振った。

住宅街の通りには、自分たちの靴音が響くのみだ。マネージャーがいろいろ気にかけていたし、何より不動と抱き合った直後だから、神経が過敏になっているのかもしれない。

「で？　どうしたの？」

「何が？」

「あんたがこんな時間にくるなんて……甘えたいの？　それともはっぱかけてほしいの？」

さきほど誤魔化そうとしたことを持ち出されて、「かなわないな」と苦笑する。少し考えて、如月は「両方」と答えた。

深夜の住宅街は静かだけれど、街灯の下は明るい。夜の街を歩くためにサングラスを外している如月の顔も、腕を組む女性の顔も、多少遠目にもはっきりと視認できる。

特殊なレンズを装着したカメラならなおのこと。

世間はどうしても、如月柊士を華やかな話題の中心に置きたいらしい。

そしてそれは、不動師眞に注目する人間にとっても、同じようだった。

話題の提供を企む人物が中心に据えたいのは、人気俳優なのか稀有《けう》な経歴を持つ代議士秘書なのか、はたしてどちらだろう。

5

政治家とて人の子。四六時中、高尚な政治思想ばかり語らっているわけではない。とくに若手が集まれば、趣味や異性関係など、世間のサラリーマンと変わらない話題に花を咲かせることもある。

もちろん、サラリーマンに比べて自由になる時間は格段に少ないわけで、たいてい話題は尻切れで終わる。もしくはすぐに政治談議に移行してしまってつづかない。

そんな若手政治家たちにとっても、そのニュースは衝撃的だったようで、騒ぎが多少鎮静化しはじめてなお、耳に入ってくる。だが、ただ興味本位に口にのせているだけならいいが、それ以外の意図が見えるとなると、話は違ってくる。

「君の大事な人と、同じ事務所じゃなかったかい？」

そんな言葉をかけてきたのは、以前つっかかってきた若手代議士――倉科《くらしな》だった。

今度もまた議員会館の廊下だ。議員ではない不動《ふどう》が委員会などに出席することはないから、捕まえようとすれば不動騏一《きいち》の部屋まで訪ねてくるか直接呼び出すしかないわけで、しかたないといえばしかたないが、記者も含め人目のある場所だけに余計、含むものを感じないわけにはいかない。不動は、かけられた言葉の意味をはかりつつ、声のしたほうを振り返った。

「最近ワイドショーを騒がせてる例の俳優。如月柊士《きさらぎしゅうじ》の後輩じゃないのかい？」

ここが、倉科に割り当てられた部屋の前だったことに、ドアに掲げられたネームプレートを見て気づく。開け放たれたドアの向こうは、不動騏一の部屋ほどではないが、そここそ綺麗に整頓されていた。

歩み寄ってきた倉科の背後には、様子をうかがう秘書の姿もある。だが、一歩後ろに控える彼は、議員を諫める気はないのか、口を開く様子はない。

なぜ如月の名が出てくるのか。

大事な人、という意味深な言葉が、不動の眉間に皺を刻ませる。それを愉快げに眺めて、倉科はさらに身を寄せてくる。

「相手のシェフの店には行ったことがあるんだよ。腕は良かったけど、まさかそういう趣味の持ち主だとは思わなかったな」

個人の趣味嗜好《しこう》がシェフとしての腕を左右するとでも言いたげな口調に、不快感を覚えるのは当然のことだろう。酒の席ともなれば、相手の人格まで無視した発言を平然とする人間は多いが、倉科は議員なのだ。あらゆる角度から人間を見、揺るぎない主義主張はあるにしても、さまざまな価値観を受けとめなければならない立場だ。咎められてしかるべき発言と言える。

「党の期待を一身に背負った倉科先生とも思えぬ発言ですね。記者に聞かれたら、足を掬われかねませんよ」

最初に声をかけられたあと、不動は倉科のひととなりについて、ひととおり調べ上げていた。自分が気に入らないだけならいいが、そこから不動騏一の政治活動における邪魔にならないとも限らないと考えたからだ。

世襲制の是非が取りざたされる昨今、その血統がプラスとなるかマイナスとなるかは受け取る側の価値観に頼らざるを得ないが、長身に爽やかさの際立つ整った相貌も高い学歴も留学経験を活かした感性も、いかにもマスコミが喜びそうな押し出しの強さだ。

実際、アイドル視されているし、実績不足を補ってあまりある人気と認知度の高さは、党にとっては大きな魅力だ。そんな人物だからこそ、些細なことが命とりになりかねない。イメージがクリーンすぎるのだ。

「充分注意しているさ。メディアは敵にもなれば味方にもなる。――急がないのなら、少し話をしないかい？」

部屋へと促された不動は、倉科の瞳の奥を見据えた。さほどの陰湿さを感じないのは、これだけはっきりと敵意を示されているからだろうか。

「急ぎますので」

ストレスの吐け口が欲しいなら、秘書にでも愚痴っていればいい。

そんな揶揄も含ませて短く返せば、倉科はもったいぶった口調で言葉を継いだ。

「そう。残念だな。君に見てほしいものがあったんだが……先にどこかの週刊誌の編集部にでも持ち込もうか……」

悔しいが、踏み出しかけた足を止めざるを得なかった。

先に如月の名を聞いていなければ無視しただろうが、どうやら自分ひとりにかかわる内容ではなさそうだと想像がつくだけに無視できない。

「自分の都合で時間が自由になる身ではありませんので、手短にお願いします」

招き入れられて、部屋に足を踏み入れる。いつも傍らに寄りそう痩身《そうしん》の秘書以外、スタッフの姿はなかった。静かなものだ。

「慇懃無礼とはまさしく、ってところだな」

肩を竦めて零したものの、その口調は愉快そうだ。まるで新しい玩具《おもちゃ》を手に入れた子どものようだと不動は思った。

「ちょっと調べたらすぐにわかったよ。如月柊士とは高校の同級生だそうだね。派手な噂のつきまとう人気俳優が、君と同じ高校の出だとは知らなかったよ。同級生のなかで大学に進学しなかったのなんて、彼くらいだったんじゃないの？」

それがどうかしたのかと言いたい気分だったがこらえた。

学歴になど頼らずとも、如月には稀有な才能がある。大衆の目を引きつけてやまない華やかさは、望んで手に入れられるものではない、一握りの選ばれた人間だけに与えられた天性の輝きだ。芸能界に籍を置く誰もが持ち得るものではない。

「実はこんなものを手に入れたんだよ」

黙したまま出方をうかがっていたら、倉科は存外あっさりと手の内を披露した。テーブルに投げられたのは、こういった場面の定番——写真だ。

不動が如月と喧嘩した夜の、車中のやりとりが写されていた。如月が制するのも聞かず口づけた、あのやりとりだ。

「ほとんど真っ暗な上に、ずいぶんと粗い写真ですね」

暗闇のなか、特殊なレンズで撮影された画像は、望遠であることもあって解像度が粗く、いかにも週刊誌が好みそうな雑な出来栄《できば》えだ。

「でも、君と如月柊士だと言われれば、そうかと思う程度には顔の判別がつく」

「そうでしょうか」

完璧なポーカーフェイスでとぼければ、倉科は胸ポケットから別のものを取り出した。今度はUSBメモリだった。

「じゃあ、動画ならどうかな。こっちは車の車種もわかるし、何をしているのかもはっきりと映っているよ」

静止画よりも動画のほうが、何をしているのかよりわかりやすい。

「如月柊士は無類の女好きだと思っていたんだが、数々のスキャンダルはカムフラージュかい？　痴情《ちじょう》のもつれで刺されたこともあったと記憶しているが……」

言いながら、デスクの上のノートパソコンにメモリを差し込み、キーを操作する。

呼び出された動画は、たしかに先に見せられた写真と同じ光景を映し出していた。車が停まってから、車内での口づけ、それに怒った如月が先に降りて、不動が追いかけていくまで、だ。

「何が目的だ？」

「認めるんだね」

低く問えば、楽しげな声が返される。それには「ＹＥＳ」とも「ＮＯ」とも答えないまま、不動は脅迫者を毅然と制した。

「不動駿一の失脚狙いなら無駄だ。俺が身を引けば済む」

如月狙いだとは考えにくい。だとすれば、自分の足を引っ張ることで、父の立場を悪くすることくらいしか目的はないと思われる。

脅迫が意味をなさないとわかれば手を引く可能性は高いと思われた。倉科自身、叩けば埃《ほこり》が出ないとも限らないのだ。互いに要らぬ打算は働かせないのが得策だと、そう訴えたつもりだった。

だが、倉科から返された反応は、不動の予想外のものだった。

「君にとって、政治の世界とはその程度のものなのか？」

ずいぶんと簡単に言ってくれるではないかと、倉科は奇妙なまでの憤りを見せる。不動は、怪訝《けげん》に眉を顰《ひそ》めた。

「君は将来、出馬して父上の地盤を継ぐのではないのか？　君はただでさえ遠回りをしている。焦る気持ちがあればこそ、悠長にしていられる余裕などないはずだ」

以前に声をかけられたときには、早く出馬しろと言われた。単なる嫌味かと思っていたが、どうも様子が違って聞こえる。

倉科の意図が見えなくなった不動は、カマをかけるつもりで言葉を選んだ。

けでもない」

「不動騏一はまだまだ引退するような歳ではない。そもそも、父の地盤を継ぐと決めたわ

倉科は公設秘書上がりだからそう考えるのだろうが、誰もが政治家への足がかりとして代議士秘書をしているわけではないと返す。倉科は不愉快そうに眉根を寄せた。

その反応が、ますますもって不動には理解しがたい。それでも、自分がするべきことはわかっている。如月に火の粉が降りかかる危険を取り去ることだ。

そんな不動の思惑を余所《よそ》に、倉科は突拍子もないことを言い出す。いや、もしかしたらそもそもこれが狙いだったのかもしれない。

「だったら、僕の政策秘書にならないか？　君が僕のために助力してくれるのなら、これは破棄してもいい」

政治家になる気がないのなら、自分の理想のために働けと言う。

同じような境遇に育っていることで、一方的な共感を抱いているのかもしれない。

だがそれだけだったら、ずいぶんと買ってくれるものだと、胸中で笑って終わっただろう。倉科の突拍子もなさすぎる発言は、それだけで終わらなかった。

デスクに投げられた写真の一枚を取り上げて、まじまじとうかがったあと、ピンッと指先ではじく。そして、何やら思いついた顔でニヤリと口角を上げた。

「ついでに愛人になる、っていうのはどうだい？」

「……」

さすがの不動も即座に反応できなかった。

ちなみに補足説明を入れれば、倉科は不動や如月と変わらぬ長身で、ゴツくはないが決して華奢《きゃしゃ》なタイプではない。その趣味の人間には男としての魅力にあふれるタイプのほうが好まれるものだが、如月以外の同性など冗談ではないと考える不動には、理解よりも困惑が勝る。

「それとも、オバサンのほうが好みかい？」

いったいどこから仕入れたのか、不動が官房長官に誘われたことまで知っているらしい。

「あのオバサンは若い男に目がないからね」などと、どうやら自分も声をかけられた過去があるらしい言葉を付け加える。

「そういうご趣味だとは存じませんでした」

確認のためもあって、あえて悪辣《あくらつ》な言い草で問えば、倉科は「まさか！」と大袈裟に肩を竦めて見せた。

「冗談じゃないよ。気色悪い」

身も蓋《ふた》もない言葉が返される。誘う言葉を口にした直後にそれはないだろうと思わされる言い草だ。不動は違和感を禁じ得ない。

「でも、世間でこれだけ話題になっていることだし、男の味を知っておくのも悪くないかと思ってね」

マイノリティー層が聞いたら激怒しそうなセリフを平然と吐く。下世話な興味を向けられて、不動はぐっと奥歯を噛み締めた。

「僕はその世界を知らないから教えを請いたいんだが……君と如月柊士、どっちが女役なんだい？　ふたりともいい身体してるし、抱き心地悪そうに見えるけどね。それとも挿《さ》しつ挿されつ、ってやつなのかな？」

倉科の口から発せられるのは、とてもではないがまともに相手などしていられない言葉の数々。だが、その芝居じみた口調や大袈裟すぎるジェスチャーが、逆に不動の足をその場にとどめさせた。

「支離滅裂《しりめつれつ》だな」

「そうかい？　ひとりぐらい男の愛人がいてもかまわないだろうと思っただけのことさ。視野が広がるかもしれない」

チラリと背後の秘書に視線をやって、だがすぐにそれを不動に戻し、倉科は肩を竦めてみせる。秘書に苦言を呈されるかもしれないと、多少は気遣ったのだろうか。その秘書の口が開かないのを見て、倉科はさらに言葉を継いだ。

「君だって、いくらでも女性を自由にできるだろうに、男と付き合ってる。リスクは計り知れないのに、奇特《きとく》なことだと思ってね。――そんなにいいものかい？」

男の身体はそれほど具合がいいのかと、軽い口調で下世話極まりない質問をする。どんな想像を巡らせているのかは知らないが、当然気持ちのいいものではない。

「断る」

もはや敬語を使う必要もないと思われた。

「即答？　少しくらい考えてから返してくれてもいいだろうに」

懲りた様子もない倉科は、これ見よがしにデスクに視線を落とす。これの存在を忘れてもらっては困る、とでもいうように。そこにあるのは、写真とＵＳＢメモリ。

そして、デスクに軽く腰をあずけ、無造作に広げられた写真を数枚取り上げる。それを見比べるように左右に数度視線を走らせたあと、再び不動に顔を向けた。

「この世界は欲にまみれてる。お父上に教わらなかったかい？」

金も権力も、動かす原動力は欲望だ。政治の世界は、その理念の高尚さとはうらはら、渦巻く欲望の上に存在している。濃度の濃い、ともすれば窒息しかねない欲望の渦に身を浸して息苦しさを感じないでいられる人間だけが、この世界で生き残ることができる。

「芸能界も似たようなものじゃないか？　表の華やかさとはうらはらに、ギラギラした欲望が渦巻いてる」

新人に対する先輩女優の苛《いじ》めや、仕事をとるための裏工作やら、黎明期《れいめいき》ほどのえげつない行為は今の時代には見られないにしても、それでも駆け引きはあるだろうと薄く笑う。

不動は、スッと眼光を強めた。

「欲の意味を取り違えているんじゃないのか」

低い声が、倉科の口許から笑みを消し去る。その口が開かれないのを見て、不動は言葉を継いだ。

「欲望は原動力だ。それを陰のものとするか陽のものとするかは、抱く者の志《こころざし》如何《いかん》だ。日本人はえてして陰のものとしやすい。謙虚と言えば聞こえはいいが、妬み嫉みといった、羨むばかりで行動を伴わない愚かしい感情でしかないのも事実だ」

後半はまったくの持論ではない。日本が先進国で唯一デフレに陥った理由として、経済学者もそう述べている。

「……ずいぶんと傲慢じゃないか？」

「それだけの努力をしている」

持って生まれたものの上に胡坐《あぐら》を掻いているだけの人間が口にすれば空虚なものでしか

ない発言も、報われて当然と言えるだけの努力がともなえば話が違う。

「論点がずれていないか？　僕は――」

「貴様の行動原理そのものだ。己を貶めたいのなら、好きにするがいい」

言いかけた言葉を容赦なく切り捨てれば、倉科はぐっと奥歯を噛んで瞳を眇《すが》めた。

「さすがのふてぶてしさだね」

生粋《きっすい》の政治一家に生まれただけのことはある、と倉科は半分は自分自身に向けたものとしか思えない感想を忌々しげに吐く。己のふてぶてしさを自覚する男は、のうのうと次なる手を持ち出した。

「じゃあ、これならどうかな」

余裕の態度がいつまで持つものかと、挑発の笑みを向けられる。

追加で投げて寄こされたのは、先のものと変わらぬ、解像度の粗い写真だった。だが、街灯の角度の関係で、先のものよりは写っている人物がわかりやすい。

「恋人が浮気しているかもしれないとなれば、鉄壁のポーカーフェイスも崩れるんじゃないかな」

不動は胸中で舌打ちした。倉科の期待通りの感情を抱いたわけではない。マスコミを騒がせたいのなら、こちらのほうが単純でわかりやすいネタだろうと思ったのだ。

「なるほどね。こっちのほうが効果覿面《こうかてきめん》ってわけだ」

ほとんど表情に出ていないはずの不動の胸中を読む眼力は、倉科が言動ほどに小者でもない証拠だが、それを称賛してやる必要はない。

しかしそれならば、打つ手もある。

小者でないのなら、こちらの力量を読み違えることもないはずだ。

「二度同じことを言わせるな。——好きにしろ」

言い捨てて、デスクの上の写真もＵＳＢメモリもそのままに、不動は背を向ける。見えずとも、倉科が忌々しげに拳を握るのが気配でわかった。

壁際、倉科の背後に控える秘書が、まるで詫びるかのように静かに腰を折るのが視界の端に映る。その秀麗《しゅうれい》な姿が、やけに印象的だった。


次のドラマの告知用ビジュアル撮影を終えて如月が楽屋に戻ると、スタジオを途中で抜け出していたマネージャーが差し入れのコーヒーとともに待っていた。

事務所の社名の入った茶封筒を差し出された如月は、政治の世界を舞台にしたドラマのために着せられていた、常のイメージとは真逆にあるスリーピースのジャケットを脱いで手渡しつつ、引き換えにそれを受け取る。

「歳上の美女とデートした記憶ある？」

封のされていない封筒の口を開いてなかを覗いていると、マネージャーがそれを取り上げた。収められているものを取り出しつつ、淡々と尋ねてくる。

「……は？」

思わず訊き返してしまったのは、ここ最近のストイックさを誰より一番知っているのはマネージャーのはずだからだ。

コーヒーのカップに口をつけたまま斜め上をうかがえば、マネージャーは口許に微苦笑を浮かべて肩を竦めた。

はたして封筒から出てきたのは、数枚の写真。薄暗いなか隠し撮りされたものとすぐにわかる、解像度の粗い写真だ。

そこに写されているものを確認して、如月はマネージャーの発した言葉の意味を理解する。コーヒーカップを置いて、ウンザリとため息をついた。

「いつの間に……」

隠し撮り写真に写されているのは如月自身。傍らには長身の美女。

いつ撮られたものかもはっきりしている。不動と喧嘩して自宅を飛び出したあの夜だ。歳上かどうかなんてわかるほどの解像度ではないから、「歳上の美女」と表現したマネージャーにも相手の察しがついていることがわかる。如月は求められる答えを口にした。

「……一番上の姉貴だよ」

「やっぱりね」

念のための確認だったらしい。見慣れた相手なら、不鮮明な写真であっても背格好からだいたい判別がつくものだ。

あの夜、自宅を飛び出した如月が向かったのは実家だった。ほかに行くあてがなかったからだ。その途中で一番上の姉とバッタリ会っただけのこと。もちろんマネージャーは如月の家族構成を知っているし、親兄弟とも面識がある。

「雑誌社に持ち込まれたものらしいんだけど……もちろん、こんなもの掲載したって恥を掻くだけだからやめておけ、って忠告つきで止めたから大丈夫」

心配しなくていいよ、と言われてひとまず安堵する。だが、それですまされる話でもなさそうだ。少し前にマネージャーは、煩《うるさ》いハエ云々《うんぬん》と発言しているのだから。

「緒方《おがた》マネージャーから、しばらく騒がしいかもしれないって、お詫びはもらってるんだけどね」

「藤咲《ふじさき》の影響で、ってこと？　でも関係ないだろ？」

同じ事務所というだけのことだ。しかも藤咲の周囲は、すでに鎮静化しはじめている。

「そんな良識の通じる相手だったら、誰も苦労しないよ」

重々承知でしょう？　と言われて、如月はやれやれだ…と頬杖をつく。そして、多少温くなったコーヒーを呷った。

芸能界がにわかに騒がしくなって、もっと美味《おい》しい話題はないものかと目を光らせる記者たちが、以前の如月の評判を思い出しでもしたのだろう。

この世界、騒がれなくなったら終わりだとも言えるが、かといって身に覚えのない噂を立てられてもかなわない。

昔は、ドラマや映画の宣伝のために、ありもしない熱愛疑惑を事務所側がでっちあげることもあったと聞くが、そんなことをしなくても最近は各局ごとに番宣の場が設けられている。次クールのドラマの宣伝がはじまる時期とはいっても、芸能週刊誌のお世話になどなる必要はないのだ。

「こっちの心配はしなくていいけど、不動くんにはフォローしておいたほうがいいよ」

「フォロー？」

「表に出てないからいいけど……でもどこから漏れ伝わるかしれないし、お姉さんだってわからないと、ヤキモチ焼くでしょう?」

　不動のことだからただですむはずがないとの助言を受けて、如月はううむ…と唸りつつ髪を掻き上げた。

「そういえば、家族に挨拶したいって、不動くん前に言ってなかったっけ?」

　その後どうしたのかと問われて、如月は首を横に振る。

「させられるわけないって。面倒くさい事態になるのが目に見えてるのにだから、曖昧に受け流してそれっきりになっているのだ。

「まぁ……ねぇ」

　如月家の状況を知るマネージャーは、いったい何を想像したのか、クスクスと肩を揺らして笑う。如月は、長く息を吐き出して、メイク台に上体を投げ出した。

「面倒だから、話してもないんだよな……」

　以前、如月が刺されて入院したときに、マネージャーの口から不動の存在については家族に話が伝わっているはずだが、あのときは「たまたま居合わせた友人が病院につきそってくれた」と説明しただけだったし、ともに顔も合わせていない。

「話してないって……家族のこと全部?」

　笑いを引っ込めたマネージャーが、目を丸めて尋ねてくる。その目を気まずげに見返して、さてなんと説明したものかと思案していると、救いの神が現れた。

「差し入れをもらったから、一緒にどうかと思ってね」

そんな言葉とともに姿を現したのは、如月と同じく番宣用の撮影を終えた羽柴《はしば》。常にダンディな魅力を振りまく大御所《おおごしょ》だが、撮影を終えたばかりなのか、今日はとくに隙のないでたちだ。

「羽柴さん……お疲れさまです。もう終わったんですか？」

「ああ、順調にね」

今回の役どころは、主人公の才能を見抜いて利用しようと画策するしたたかな紳士、といったところか。信用して頼りきっていた如月演じる主人公は、途中で裏切られ、決裂するものの、最終的には年齢や経歴を超えた友情を確認し合うことになるらしい。脚本ができあがっていないから、詳しいことはわからないが。

「お声をかけていただければ、こちらからおうかがいします。もう少しお立場を考えて行動してください」

大御所自らが後輩俳優の楽屋を訪ねるなんて、普通はないことだ。羽柴が気にしなくても如月側の立場がある、と呆れ顔で諌めるのはマネージャー。

だが、とうの羽柴はまったく気にする様子もなく、ひょいっと肩を竦めて見せたかと思えば、如月の横に腰を落として足を組む。その姿には、年齢を重ねた者にしか醸《かも》しだせない重厚な存在感があった。

「いいじゃないか。自分の楽屋にいると訪問者が多くて落ち着かなくてねぇ」

「そりゃあ、羽柴さんが来てるってわかったら、挨拶に出向かないわけにいかないですよ」

そういう如月も、撮影がはじまる前に羽柴の楽屋を訪問している。この業界ではあたりまえのことだ。

しょうのない方ですね、とため息をつきながらも、マネージャーは羽柴のためにコーヒーを淹れる。ポットの湯で淹れるドリップバッグのものであっても、自販機で買う紙カップのコーヒーに比べれば数段美味い。

「また華やかな話題かな?」

広げられていた写真に目を落として、おや? という顔をする。「でっちあげですよ」とのマネージャーの説明を受けて、「それは残念」と片眉を上げげた。

「不動くんに飽きたのなら、私のところへ来てくれる可能性もあるかと思ったんだが」

冗談にしか聞こえないセリフを茶目っ気たっぷりに言うその表情は、大人の余裕の滲むものだ。言葉遊びでしかないものに、不動はいつもヤキモチを焼くんだよなぁ…と、如月はこの場にいない相手を思って胸中で苦笑を零す。

「茶化さないでください」

わざわざ波風を立てようとする中年の悪戯心を諫めることができるのは、マネージャーほどにこの業界で経験を積んだ猛者《もさ》だけだろう。

「つれないね」

口説《くど》くのも食事に誘うのも、自由恋愛のうちではないかと、舞台上の役者のような大仰な口調で言う。大きなジェスチャーの途中で、持参した差し入れの小箱を開いて差し出した。

「ごちそうになります」と、如月が個包装された菓子を摘《つま》み上げると、満足げに口許に笑みを刻んで、自分もひとつを取り上げる。

「じゃあ、君がかわりに食事に付き合ってくれるかな」

そんな言葉とともに小箱を差し出されたマネージャーは、片手を上げて辞退した。

「かわりと言われて頷けるほど私はお安くございませんが――」

ニッコリと、薄ら寒いほど完璧な笑みが羽柴の軽口を受けとめる。

「――うちの如月にとって美味しいお話をおうかがいできるのでしたら、考慮の余地はありますが?」

いかがでしょう？　と返されて、羽柴は長嘆とともに眉尻を下げた。

「やれやれ、如月君に辿りつく前に、私は討《う》ち死にだよ」

困ったような、情けない顔を向けられて、如月は小さく噴き出す。芝居じみた大袈裟な反応は、羽柴がこのやりとりを楽しんでいるがゆえだ。

――何気にいいコンビなんだよなぁ……。

羽柴の差し入れの――正確には羽柴に差し入れられたものだが――菓子を頬張りながら、如月は言葉遊びをつづけるふたりの横顔をうかがう。

舌に広がる甘さを流そうと手にしたコーヒーカップの横には、解像度の粗い写真。今一度それを手にして、如月はため息をつく。

長身の姉と腕を組んで歩く自分を、斜め後方から写した写真。幸いなことに、姉の顔ははっきりと写されていない。如月の家族は、かけ値なしに如月の芸能活動を応援してくれているけれど、その余波が自身の生活に干渉をおよぼすことは好まない。それぞれに、己の価値観に従って生きている。

これまでもこれからも、家族への取材は一切許可していない。家族も、芸能記者がどれほど非常識な取材を試みようとも、一切のコメントは出さないと決めている。

以前なら、多少辟易するものの、さして気にしなかった。

ワイドショーが何を騒ごうと、どんなイメージを植えつけようと、真実を見てくれる人

はいる。俳優、如月柊士の評価を大きく変えることとになったミュージカルの主演を契機に、如月はそれに気づかされた。

だから、自分のことなら……自分にだけかかわることなら、どんな写真を撮られようと気にはしない。ありもしない熱愛報道をでっちあげられても、ニッコリ笑って受け流すだろう。

けれど……。

――あっちの世界は、そういうわけにいかないんだろうな……。

足を組んで頬杖をつき、眉間にいくらかの縦皺を刻んで、空《くう》を睨む。

そんな表情には、いつもは派手で軟派な魅力を振りまく如月柊士らしからぬ、艶めいた翳がある。

それに気づいたマネージャーが眩しそうに目を細め、口許に満足げな笑みを浮かべる。

その横で羽柴は、腕組みをして「ふむ」と顎をさすった。

手のなかの写真の件を、悩んだものの結局、如月は不動に報告しなかった。不動の側も同じ状況にあることなど、当然知るよしもない。

6

各新聞社やテレビ局の政治部に所属する記者には、それぞれ担当があって、テレビのニュース番組でもよく目にするように総理大臣に張りついている者もいれば、大臣担当もいる。

総理公邸では、毎日午前中に内閣官房長官の記者会見が行われるし、閣議後には各大臣に記者が群がることとなる。大物政治家の発言ともなれば、一般市民には意味が理解できないほど些細なことであっても政局を大きく左右する場合もありうるから、コメントを引き出そうと、記者たちも必死だ。

そして、総理公邸や議事堂ほどの騒がしさはないものの、議員会館にも報道関係者の姿は見られる。地道な取材の積み重ねが、日々の新聞紙面やニュース番組の特集をつくり上げているのだ。

この日、不動騏一《ふどうきいち》に取材を申し入れてきたのは、ローカルの中堅新聞社だった。その地方に選挙地盤を持つさる議員と主張を同じくしているために、今後の活動について話を聞きたいと言ってきたのだ。そこには、押し出しのいい人物を大きく取り上げることで、政治に興味の薄い層にも訴えかけようとする算段が見え隠れしているが、それはこちらのかまうところではない。

取材はほぼ予定通りに終わり、筆頭秘書の田部井《たべい》を連れて外出した父を見送ったあと、不動は急遽《きゅうきょ》代理出席することになった通夜に向かうべく議員会館を出た。

業界団体のお偉方の義父という、かなり遠い縁ではあるが、不動騏一の名で香典を置いてくることに意味がある。議員の代理で冠婚葬祭の場に出向くのも代議士秘書の重要な仕事で、そうした義理がけの場だけでも年間でかなりの数になるのだ。

だが、車に乗り込もうとする前に、ＰＲＥＳＳ《報道関係者》の身分証をつけた人物に前を塞がれて、不動は足を止める。長身の、かなり整った容貌の女性だった。

「何かご用でしょうか?」

見覚えはないが、どこかの記者だろうとアテをつけて、極力おだやかに尋ねる。挨拶もなくいきなり前を塞がれたのだから無礼なのは女性のほうだが、自分の態度が不動騏一の評判に泥を塗る可能性もあると思えば、慎重にならざるを得ない。

「実物のほうが、ずっといい男ね」

放たれたのは、失礼も極まるセリフ。それでも不動は口許に刻んだアルカイックスマイルを崩さない。その態度を見て、女性は「ふうん」と腕組みをした。

「食えない男、って感じね。傲慢でオレサマで、でも存外に純情」

小馬鹿にしているとしか思えない言葉に目を眇めたときだった。不動の脳裏《のうり》を、いまさっき見た画像が過《よぎ》る。倉科《くらしな》が、もったいぶって追加で出してきた写真のほうだ。

――この女……。

解像度の粗い写真のなかで、如月《きさらぎ》と腕を組んでいた女性だと気づく。

PRESSとあっても、芸能記者には見えない。当然、如月の浮気相手だとも思わないが、だからこそ余計、不動は眉間の皺を深めた。

「……どういったご用件でしょうか。不動への取材でしたら――」

「不動は不動でも、騏一さんじゃなくて、師眞《かずま》くん、あなたにお話があるの」

まさか、倉科が手にした情報が、ほかのメディアにも渡っているのだろうか。パパラッチが、金目当てにバラまいたのだとしたらありえることだ。だがそれなら、すでに騒ぎになっていてもおかしくはないはずだが……。

この女性は、いったいなんの目的で如月に近づいたのか。

一瞬、ヒヤリ…としたものを感じた不動だったが、女性はまったく思いもよらない方向から切り込んできた。

「官房長が目をつけるわけだわ。知ってる？　あのオバサン、アイドルが大好きなのよ。職権乱用してコンサートのチケットとってるの」

誘われたんでしょう？　と、いったいどこから仕入れたのか——倉科も知っていたくらいだから、この手の下世話な話題こそ広まりやすいのかもしれないが——持ちネタを披露した。それによって、この女性の持つ情報収集力が明確になる。それはつづくセリフでさらに証明された。

「応じる必要ないわよ。どうせすぐに失脚するから」

倉科も似たようなことを言っていたが、彼の場合は政治の動向を感覚でとらえている印象だった。だが、この女性の言葉には、強い裏付けを感じる。

ジワリ…と、掌に汗を掻くのがわかった。それでも、喜怒哀楽《きどあいらく》、いかなる感情も表には出せない。

そんな不動の内心の焦りを嘲笑《あざわら》うかのように、女性は次々と手の内を明かしていく。まるで底なしに情報を持っているぞと言わんばかりの態度だ。

「倉科のボンボンにも目ぇつけられてるみたいね。ま、ライバル心焚きつけられる気持ちもわからなくはないけど、お坊ちゃまは詰めが甘くてらっしゃるから……自分だって叩けば埃の出まくる身体のくせして……潰しておくんなら、今のうちかもしれないわよ」

協力してあげましょうか？　と言われてさすがに眉間に皺を刻む。一プレスと侮ることはできない。報道には世論を操る力がある。

「顔だけのバカ坊《ボン》に見えて、あれで結構オツムの回転はいいから、放っておくと将来強敵になるわよ」

倉科の評価も、不動が感じ取ったものとほぼ一致していた。

「まぁ、今のところは、あなたの余裕の態度が癇《かん》に障って駄々をこねてる、って感じしかないけどね」

クラスのリーダー格が、ひとりだけ自分の思い通りにならない一匹狼を従わせようと躍《やっ》起《き》になって、ついには苛めに走るようなものだと、軽く笑い飛ばす。

「あなたはいったい……」

眇めた眼差しを向ければ、女性記者はくるりと見開いた目を数度瞬《また》いた。そして、美しい容貌には不似合いな、がさつにも見える仕種で頭をがりがりと掻く。

「ああ、ごめんなさい」

悪びれたところがまったくないかわりに、含むものもない声音。臨戦態勢でいた不動は、その様子を訝《いぶか》る。はたして、朱赤のルージュに彩られた女性の唇が紡いだのは、惚《ほう》けるに充分な内容だった。

「うち、私を含めてほかはみんな父親似で、あの子だけ母親似なのよ。わかんないわよね」

ごめんね、と詫びつつ大股に歩み寄ってきて、首から下げた身分証を、不動の眼前に掲げて見せる。

「……!?」

静かに目を瞠るよりなかった。

「そーゆーこと」

不動の驚き顔を愉快げに見上げて、「やっぱり何も話してないのね」と、多少呆れた様子でくびれたウエストに手を当てる。

身分証には、顔写真のほかに、所属組織と名前が記載されている。大手新聞社の名とともに不動の目に飛び込んできたのは、女性の名字——「如月《きさらぎ》」だった。不動が事実を確認するより早く、女性が湧いた疑問を肯定する。

「あの子の一番上の姉さんよ、よろしくね」

ニンマリと、口許に刻まれる笑みは、はたして何を意味するものか。

「姉……?」

倉科は気づいているようには見えなかった。なるほど、詰めが甘いと言われてもいたしかたない。

しかし、今不動の眼前に横たわっているのは、倉科から突きつけられた動画や写真以上に厄介な案件に思われた。

ふたりの関係がバレているとは思わないが、しかし売れっ子俳優の姉として、弟の交友関係を値踏みする視線は強烈に感じる。

不動に兄弟姉妹はない。身近な女性といえば母親くらいのものだ。

ホスト時代に接した女性は皆、客という認識しかないから数には入らないし、如月と再会する以前に付き合った異性の顔など、もはや覚えてもいない。当時から不動の目はスクリーンのなかの如月にしか向けられていなかったのだから当然だ。

そんな不動にとって、かなりの修羅場《しゅらば》を踏んでいるらしきしたたかさを醸す、しかも弟を溺愛《できあい》していることが言葉の端々《はしばし》からひしひしと伝わる姉の存在は、これまで対面した経験のない難敵と言えた。

敵——と感じてしまっている時点で、気圧《けお》されているのが自分でもわかる。嫌な汗が背筋を伝うのを感じた。

「あの子が女に刺されたとき、病院につきそってくれたのって、あなたでしょう？　お礼したかったんだけど、あの子が『自分がするからいい』ってきかなくて……その節はお世話になったわね」

ありがとう、とかけられる言葉に裏はないが、同時に投げられる笑みには充分に含むものがある。

「ミュージカルの客席で、あなたの顔を見たわ。再演のときだったかしら、お父様から大きなフラワースタンドもいただいてたわよね」

報道関係者なら、不動の前職はもちろん、それが暗黙の了解として伏せられていることも、そうさせているのが父であることも、そんな父子の間に消えぬ確執があることも、全部わかっているはずだ。そのあたりを、彼女はどう評価しているのか。

「……はじめまして」

いまさらながら、第一声として、それ以外に選びとれる言葉はなかった。

「ちょっと調べたらすぐにわかったわ。高校の同級生なんですって?」

「はい」

高校時代に交流がなくとも、同級生であることに違いはないから、細かな部分は伏せておく。

「気が合うようにも見えないけど……男の友情ってのは、奇妙なものね」

額面通りに受け取っていいものが悩む言葉を呟いて、如月の姉はまじまじと不動の顔をうかがう。そして、ポンッと胸のあたりを軽く一叩きした。

「出馬の暁には、独占インタビュー、よろしくね！」

今は総理担当だけれど、そのときは密着取材で自分が張りつかせてもらうから、と名刺を差し出してくる。しかたなく……いや、ありがたく受け取って、不動も同様に名刺を出した。

「お忙しいところ、お引き留めしてごめんなさい。次はゆっくり時間をとってお話しさせていただきたいわ」

じゃあまたと、片手を上げて背を向ける。その実に漢《おとこ》らしい後ろ姿が、長期海外ロケに出かけていったときの恋人のものと重なって、不動はなんとも微妙な気持ちに駆られた。

ひとつの問題――倉科に見せられた写真の件の片方――は解決したが、それ以上の問題が勃発したとしか思えない。

そういえば、喧嘩したまま仲直りしていなかったな…と、実にいまさらなことが頭を過った。もしかしてやっぱりふたりの関係を知られているのではないか、そのために釘を刺しに来たのではないかと一瞬訝ったが、考えるだけ無駄だと諦めた。

そして気づく。以前、家族に挨拶をさせろと言ったときに、如月が奇妙なまでに嫌がった理由に。照れ隠しに誤魔化しているのだろうと思っていたが、そうではない。万が一姉にばれたらどうなるか、わかっていたためだ。

眉間に指先を当てて長嘆を零す。ぐったりと肩から力が抜けた。

「……一番上？」

ということは、二番目や三番目がいるということか？

問題は多々あるものの、最終的に不動の鼓膜に余韻を残したのは、大筋とは無関係のそんな箇所。聞き捨てならないと感じてしまうのは、立ち去った背中の残した印象が強烈すぎたからだ。

「敵か味方か……」

すべては自分の出方次第だろうと、不動はひとりごちる。

だがまずは、彼女を敵にしないために、すべきことがある。今現在、一代議士秘書でしかない自分の立場以上に、如月を守らなければならない。


ファッション雑誌のグラビア撮影ほどではないが、何度か衣装をかえての撮影を終えたときには、時計の針は深夜を指していた。

帰宅して、一日の疲れをゆっくりと四肢を伸ばして湯に浸かることで癒して、あとは日課のトレーニングメニューをこなして寝るだけだ。

濡れ髪を拭きながら、リビングのローテーブルに放り出したままの携帯電話に視線を向ける。不動に連絡を入れようか、迷って、結局そのままになっているからだ。

不動からも、何も言ってこない。

気まずいだけなのか、それとも忙しくてそれどころではないのか、もしくはさほど重く受け止めていないのか。

——喧嘩っつってもなぁ……。

この部屋を飛び出した夜のやりとりを思い出す。たしかに、くだらないと言われれば、それまでのものでしかないな…と、ため息をついた。

そのとき。

携帯電話が着信を知らせて震えはじめる。慌てて手に取れば、それはメール着信を知らせる明滅のみを残してすぐに静かになった。

いささか肩透かしを食った気分で、ディスプレイを開く。

表示されたメール本文を確認した如月は、ゆるりと目を瞠った。

「……なんだ…よ、これ……」

覚えのないアドレスから送信されたメールには、添付ファイルがついていた。写真だ。解像度の粗さゆえに、全画面表示にしても写されているものがわかりにくい。だが、見る者が見れば、何が写されているのかわかる。

携帯電話を手に固まっていると、またもメールを受信した。

同じアドレスからだ。今度は、動画が添付されている。先に受信した写真と同じ角度から同じ場面を映したものだった。

携帯電話の受信容量に合わせたファイルは、短い再生時間で終了を告げる。もう一度確認する気にはとてもなれない。

「……っ」

低く呻いて、動画ではなく、先に送られた写真を開いた。

あの夜――不動と喧嘩をしてこの部屋を飛び出したあの夜、部屋に辿りつく前に、車のなかで交わした口づけ。ダメだというのに不動がきかなくて、結局流されてしまった一部始終が、写されていた。

動画は不動が如月におおいかぶさる瞬間から、諦めた如月が不動の首に腕をまわす瞬間までを映していたが、前後があるもっと長い動画からトリミングしたものだとわかる。写真は、かなりの枚数撮られているはずだ。

「だから……っ」

だからダメだと言ったのに……！　と口中で毒づいて、苛立ち紛れにソファを蹴りつける。やわらかな革素材は鈍い音を立てただけで、荒い呼吸音だけが空《むな》しく部屋にこだました。

マネージャーに見せられたのは、姉と腕を組んで歩いている写真だけだった。こちらは別口ということだろうか。それとも、こちらが真打《しんうち》ということか。

「師眞……」

不動から連絡はない。

自分にだけ送られてきたのか、それとも……。

「言うわけねぇか」

たとえ不動に同じものが送られていたとしても、相談を持ちかけるような、可愛げのある男ではない。如月が言わない限り、全部自力で処理をして、次に顔を合わせたときには何もなかったふりをするに違いないのだ。

「……くそっ」

画像と動画だけで、要求文面が何もないのが、逆に怖い。

しかも携帯メール宛だ。芸能関係者には知られているアドレスだから、どこからか出回ることもあるのかもしれないが、同業者なら逆にもっと慎重に扱うはずだ。

ディスプレイに表示させた不動のナンバーを押せないまま、如月はリモコンを取り上げてテレビの電源を入れる。

夜遅い時間だから芸能ニュースなどやっているはずもない。マネージャーからなんの連絡もないのだから、情報が流出しているはずもないのだが、確認せずにはいられなかった。

写真も動画も不鮮明なものだ。それでも、如月の顔は判別できる。不動の顔も写っている。とくに動画のほうは、如月に口づける過程が明確だ。動画を引きで撮られていれば、車のナンバーも映されているかもしれない。仕事でも使っている車両は、調べればすぐに不動騏一の事務所に登録のあるものだとわかるだろう。

自分だけならいい。

だが、不動には一点の曇《くも》りも許されない未来がある。セックススキャンダルなど冗談ではないのだ。

元ナンバーワンホストの経歴は、うまく利用すればいくらでもプラスに働くだろう。元ホステスの経歴を持つ女性議員はすでに存在しているのだ。不動なら、当然その程度のことは考えているはず。

だが、政治の世界においてセックススキャンダルは、金絡みのスキャンダル同様に危険だ。ふたりの関係は、不倫や愛人騒動といった倫理観を問われるものではないにせよ、それでも日本においては、受け入れられる可能性のほうが低い。

芸能界と、政治の世界は違う。テレビの世界でそうした嗜好がどれほど受け入れられていようとも、それとは別問題だ。マイクを向けられれば寛容な言葉を吐く有権者も、本心では別のことを考えている。

初の黒人大統領の誕生に湧いた某国で、それを受け入れるか否か、記名でアンケートをとった場合と、無記名でアンケートをとった場合との集計結果に、あきらかな差があるのと同じことだ。

何を言われようが、他人がどんな価値観を持とうが、気にしたことはなかった。

自分は自分だと、プライドをもって生きてきた。

だが、それではすまない世界があることを、不動が政治の世界に足を踏み入れてはじめて知った。いや、知ってはいたが、本当の意味で理解してはいなかった。

自分にだけ送られてきたか、もしくは自分と不動の両方か、どちらかだ。マネージャーの目に触れていれば、すぐに連絡がくる。

標的がどちらなのかは、判然としない。

自分か、不動か、あるいは不動騏一か。

マガジンラックのなかの雑誌に目がとまる。自分で買ったものではない。マネージャーから参考にと渡されたものを、捨てるのも面倒で放り込んでおいただけの芸能週刊誌。藤咲悠《ふじさきはるか》の件が報道されていたからだ。マネージャーは、「思ったほど悪い方向に転んでないみたいだよ」と、藤咲を担当する後輩マネージャーを思ったのか、珍しく安堵の表情を見せていた。

自分たちなら…と、考える。

藤咲と相手のシェフの関係は、さまざまな意見が聞こえるものの、おおむね好意的と言える範囲に世論は収まっている。藤咲は仕事をつづけているし、ＣＭ契約を解約したいと申し出てきた会社もない。そのほうが企業イメージが悪くなるからとも考えられるが、ちょうど契約が切れるタイミングにあった企業が継続を申し入れてきたというから、プラスイメージとして受け取ったと判断できる。

藤咲の柔和なキャラクターと相手シェフの職人気質な寡黙《かもく》さゆえ、と言えなくもない。だとすれば、もたらされる結果は、その都度違うことになる。

自分と不動なら、世間はどう反応するだろう。

人気俳優と代議士秘書なら？

人気俳優と、党の期待を一身に背負った若手代議士なら？

人気俳優とホストなら、たとえ世論が敵にまわっても、その攻撃は如月に集中して、最終的には「如月柊士《しゅうじ》だから……」と、わかりやすく着地点を見ただろう。

けれど、これからは違うのだ。

そう、違う。

たぶん、藤咲たちとは違う結果が待っていると、予想できる。

そのときに、自分はどうするだろう。不動は、どう対処するのか。どんな結果を望むのだろう。

――『やりたいこと、やってみろよ』

躊躇う不動の背を、そう言って押したのは如月だった。

ホストとして頂点を極めて、店を持って夜の街でますます成り上がるのもいいけれど、未踏破の頂にチャレンジしてみるのもいいではないかと、たしかに如月も思ったのだ。

――『政治家のほうが好みなら、転職してもいいって、言ってたよな？』

付き合いはじめて最初のころに交わした、冗談でしかないやりとりを持ち出して、はっぱをかけた。

けれど、そんな簡単な問題ではなかった。

冗談にして笑い飛ばせるような世界ではなかった。

「俺の考えが甘かったのか……」

不動はわかっていたはずだ。幼いころから、政治の世界に身を置く父の姿を見て育ってきたのだから、ニュースのなかでしかその世界を知らない如月とは違って、骨の髄《ずい》までその世界のありようを理解しているはず。

だからこそ、不動は躊躇っていた。

自信がなかったわけではない。

毛嫌いしている父に似ている自分を自覚しているからこそ、政治の世界に染まることを恐れていた。そして何より、如月を巻き込むことを恐れていた。

それを、「やってみろよ」などと、自分はまるでひとつの仕事を得るために受けるオーディションに向かわせるような気持ちで、口にしてはいなかったか？

オーディションだって、真剣勝負だ。けれど、比べられるものではない。それくらい、特殊な世界なのだ。

不動の名と携帯ナンバーを表示するディスプレイをしばし睨んで、結局何もしないまま閉じた。

ソファにどっかりと腰を落として、背を沈め、白い天井を仰ぎ見る。

携帯電話を放り出して、両手で濡れ髪を掻き上げた。片腕を額にのせて、天井から注ぐ室内灯の明かりを遮《さえぎ》る。

マネージャーに相談したほうがいい。

そんなことはわかっている。

それを躊躇う己の心情をはかって、如月は深い息をつく。

「らしくねぇな……」

自分のことより、不動のことを考えているのだ。マネージャーに知らせれば、彼は第一に如月のことを考える。不動との関係を認めていても、それとこれとは別問題だ。

それを懸念する自分。

誰よりも、自分が一番、不動の才能を信じているからだ。

やると決めたからには、絶対に頂点に立ってほしいし、立たせたい。そのためには、まずスタート地点に立たなくてはならない。その前に、潰されるわけにはいかないのだ。

自分がデビューしたときですら、これほど真剣に考えただろうかと、如月は自嘲の笑みを浮かべた。

「ホント、らしくねぇ……」

自分が身を引けば、別れれば、それで解決だなんて、考えはしない。この想いを受け入れたときには予想しなかったリスクが襲っても、高校時代からずっと抱えつづけた感情は、そう簡単に手放せるものではないのだ。

それでも、脳裏を過る、選択肢。

選び取れもしないのに考えてしまうのは、それが世間一般の価値観に照らしてみたときに、当然ありうるものだからだ。

「あのやろ……絶対に知ってやがる」

この写真を送りつけられたのは、絶対に自分だけではない。不動のところにも、行っているはずだ。でなければ、もっと早くに連絡を寄こしている。喧嘩のことなど忘れたかのようにふるまって、まったく悪びれない顔で、のうのうと如月の前に姿を現しているはずだ。

それをしないのは、できない理由があるから。

そこまでアテをつけて、その上で自分はどうするのかを考える。

放り出した携帯電話に手を伸ばす。

マネージャーの携帯ナンバーを表示させて、しばしの逡巡《しゅんじゅん》ののち、如月は静かに瞼《まぶた》を落とした。

携帯電話は、そのまま閉じた。

7

帰宅途中に立ち寄った二十四時間営業のスーパーから自宅マンションに辿りつくまでの、さほどない距離の間に如月《きさらぎ》は、音もなく路肩に滑り込んできた黒塗りの車に引きずり込まれていた。

あまりの手際の良さに唖然呆然としたまま、後部シートに背を沈める、コトの首謀者の横顔を見やるしかない。

「久しぶりだのう。飯でもどうだ？」

まったく悪びれることなくそんな言葉をかけてくるのは、上品な着物姿の老人だ。知らない顔ではない。というか、ある程度の年齢に達した日本人なら、たぶん誰もが知っている顔だ。

「吉瀬川豪三《きせがわごうぞう》……」

その名を記憶から呼び起こした途端、口許がヒクリと戦慄《わなな》いた。

「呼び捨ては感心せんのお」

元首相の肩書を持つ、自称隠居老人という名の政界の重鎮《じゅうちん》は、以前に一度顔を合わせたときに如月が口にした言葉を持ち出して、ニヤリと食えない笑みを浮かべる。

——あいっかわらずヤなジジイ……っ。

胸中で毒づくものの、口には出さなかった。言っても無駄であることを、前回嫌というほど思い知らされているからだ。こちらがどれほど感情を粟立《あわだ》たせても、暖簾《のれん》に腕押しでは疲労感が募るだけで、なんの解決もみない。

「なんのご用でしょうか？」

精いっぱいの嫌味も込めて丁寧に返せば、

「この耳は飾りか？　飯でもどうだ？　と言うたではないか」

またもネチネチと返されて、如月はむっつりと眉を吊り上げた。

「それだけじゃねぇんだろ！　って聞いてんだよっ」

本当の目的はなんだ！　と声を荒げれば、今度は「そう大きな声で怒鳴らんでも聞こえとる」といいなされる。

飄々《ひょうひょう》とした狸爺《じじい》の横顔を睨むことしばし、いろいろ諦めた如月は、長嘆を零して車のシートに背を沈めた。元総理がなんだとばかり、礼節も無視して腕組みをし、足を組む。

車がどこへ向かっているのかも尋ねなかった。それがわかったところで、止めることも行き先を変えることも不可能なのだから、これもやはり意味がない。

「あいつのことだろ?」

しばらく走ったあたりで、車内に満ちる静寂を破ったのは、如月の静かな声だった。

「そう急《せ》くな。美味いものを食いながら話せばよい」

そう言う吉瀬川に連れられたのは、名前だけは聞いたことのある、超のつく高級料亭。

いかに如月が人気俳優だとて、紹介がなければ一見《いちげん》さん扱いは必至の、敷居の高い店だった。


吉瀬川豪三は、ずいぶんと昔――如月が子どもの時分に内閣総理大臣を務めた経験もある大物政治家で、今は引退して政治の世界から身を引いているらしいが、それでもその影響力は計り知れない。

以前、不動の父親にふたりの関係がバレたときに、いろいろ画策してくれた相手でもある。不動騏一《ふどうきいち》の後ろ楯《だて》で、その後継者として子どものころからを知る不動の今後にも、大きな期待を寄せているらしい。

しかも、全然ありがたくないことに、どうやら如月も気に入られてしまった。

不動との関係を、不動駅一と吉瀬川の目の前で堂々と認めた上、父と同じ世界に足を踏み入れることを躊躇う不動の背を押してみせた一連のやりとりが、年寄りの目に愉快に映ったらしいのだ。

「話があるんなら、普通に呼び出せよ」

卓に料理が並んで、仲居と女将が襖《ふすま》の向こうに消えたのを見計らって、如月はウンザリとため息をつく。

はじめて会ったときも、如月は半ば拉致《らち》られ、吉瀬川の屋敷に有無を言わさず連れ去られてしまったのだ。馬鹿丁寧な上に申し訳なさそうにする黒服たちの態度のおかげで拉致誘拐ではないと判断がついたものの、客観的に見れば充分に犯罪だ。もちろん、この老人相手にそんな正論をかませる人間などいないのだろうが。

「招待状を出して来てもらえるのなら、そうするがの。おまえさん、断るじゃろ」

あたりまえだ！　と言いたいのを、またしてもこらえる。この老人と話をしていると、ストレスがたまってしょうがない。

「で？　なんの用だ？　出馬の件なら断ったろ？」

以前に会ったときこの老人は、不動を担ぎ出すために、如月を政治の世界に引きずり込む算段まで披露したのだ。本当に油断ならない。

「まったく、せっかちだのう」

吉瀬川が手酌しようとするのを見て、しかたなく手を伸ばして徳利《とっくり》を取り上げ、酌をする。老人は満足げな顔でそれを受け取った。

「いろいろと、周辺が煩くなっておるようだの」

「聞かなくたって、全部知ってんだろ？」

このタイミングで吉瀬川が出てきたということは、如月が受け取った画像の件を知っていると推察できる。そのことが頭から離れないためにたまたま結びついたと考えられなくもないが、如月の返答を頭の回転の速さゆえと受け取ったのか、吉瀬川は「そうカッカするな」と笑った。

「どうやら、あれこれ茶々入れをしたい輩《やから》がおるようだ」

その言葉の含むニュアンスに気づいて、如月は先付けを口に運んでいた箸《はし》を止める。

「……知ってんのか？」

誰がやらせているのかすでにわかっているのかと問えば、吉瀬川は猪口《ちょこ》を運ぶ口許にニンマリと笑みを刻んだ。

「知りたいか？」

なんとも嬉しそうに聞かれて、ピクリと眉を跳ね上げる。

こんにゃろう！　と口中で毒づきつつも、自分だけの問題ではないと懸命に己に言い聞かせた。

「俺は別にどうでもいいけど、あいつはそういうわけにいかねぇんだよ。あんただって、あいつが潰されるのは本意じゃないんだろ？」

吉瀬川は、不動がお気に入りだ。父親以上の器だと、その将来を買っている。だから最初は、不動の父と同じスタンスで、如月に別れろと言っていたのだ。そんな吉瀬川にとっても、今回の問題は看過できぬもののはず。

そう指摘し返せば、吉瀬川は豪快に口に運んだ鯛《たい》のおつくりを咀嚼《そしゃく》して、それから今度は手酌《てじゃく》で酒を猪口に注いだ。

「助けてやってもよいぞ」

大いに含むもののある言葉を、額面通りに聞けるわけがない。

「……交換条件も聞かずに頷けるかよ」

あとが怖い…と肩を竦めれば、「疑り深いのはよくないぞ」と言われて、「誰がそうさせてるんだ！」と思わず拳を握った。

「師眞《かずま》の親父以外にも、何人か目をかけて育てておる政治家がおってな。そのなかのひとりが、先日相談にきよった」

「……？　相談？」

「そやつの息子の件でな。息子にも、儂《わし》は期待を寄せておる。少々世間知らずなところが璧《たま》に瑕《きず》じゃが、手綱《たづな》を操れる有能な秘書と、鎬《しのぎ》を削って刺激し合えるライバルさえおれば、そこそこに育つのではないかと思っての」

世襲制問題が問いただされているこの時期に、いささか呑気《のんき》すぎるのではないかと思わされる発言だ。

「政治の世界しか知らないような世間知らずが政治家やってるから、世のなかおかしくなるんじゃねぇの？」

如月の脳裏を過るのは、不動騏一の顔だ。恋人の父親を悪く言う気はないし、政治家としての能力は万人の認めるところなのだろうが、息子への態度といい、かたくなすぎる価値観は、ほかの世界の水を知らないがゆえだろう。

「じゃあ、おまえさんがやってみるか？」

「あいにくとこの先もスケジュールはみっちりなんだ。ほかをあたってくれ」

「つれないのお。まぁ、忍《しのぶ》にチクチク言われてもつまらんから、その件は引くとしよう。

あれは母親に似てきつくていかん」

サラリと口にされる、マネージャーのファーストネーム。不動情報によれば、その昔、吉瀬川現役時代の秘書のなかに、弓削《ゆげ》という名字の有能な女性がいたらしいが……。

特別大物と言われる政治家でなくとも、二十名前後の秘書を雇っていることはザラにある。大物ともなれば、その数はさらに増える。しかも三年勤めれば身体がボロボロになるとまで言われる過酷な職場だ。吉瀬川の元秘書の肩書を持つ人物は相当数いるはずで、だからどうしたと言われればそれまでなのだが、それにしても嫌な偶然だ。

いろいろ尋ねたい気持ちがムクムクと湧き上がるものの、墓穴を掘りそうでぐっとこらえる。どこからどう巡り巡って自分に火の粉が降りかかるか、知れたものではない。

「で？」

だいたいの着地点は読めているものの、不用意な発言はできないから、その話がどこへ繋がるのかと、確認をとるべく先を促す。吉瀬川は、「料理を味わう時間もないのか」と文句を口にしながらも、箸を置いて猪口に手を伸ばした。

「どうも、儂の期待したような反応は示さんかったようだな」

つまりは、仲良くさせたかった吉瀬川の思惑とは反対に、その政治家の息子とやらが、不動に反感を抱いてよからぬことを考えたということらしい。出馬前に潰してしまおうとしているのかもしれない。

「なんでもあんたの思い通りになるわけじゃない」

「ごもっともじゃ」

如月の言葉に寛容に頷いて見せたものの、吉瀬川はぐいっと呑み干した猪口を高い音を立てて卓に置くと、その音に反応して箸を止めた如月に、それまでとは違う眼差しを向けた。

「じゃが、儂になら降りかかる火の粉を払ってやることができる」

その声音の重さが、こんなことは今回限りではないと告げているようで、如月は唇を引き結ぶ。

――『その想いとやらがどれほどのものか、見極めてくれる』

吉瀬川の屋敷で父子が対峙《たいじ》したときに、不動騏一が口にした言葉。不動は父の指摘を不遜に跳ね返していたけれど、あの言葉は自分にこそ向けられたものだったのかもしれない。

送りつけられてきた解像度の粗い写真。

吉瀬川が姿を現したことで、同じものが不動にも届けられていると証明された。

不動からは、ひと言の連絡もない。

つまり、不動は自身の責任において、処理するつもりでいるのだ。如月がやめろと言ったのに、強引に口づけたのは不動だったから。

でもその理由を、自分は聞いていない。

如月が絡むとガキっぽい行動をとることもある不動だが、浅はかな男ではない。何かしら、衝動を止められない理由があったはずだ。なのに自分は、何も聞かずに責めて、部屋にひとり残して出てきてしまった。

自分はあのあと、姉の晩酌に付き合って、不動のことは口にできないものの、適当に愚痴ったらすっきりして、家を出たあともそのまま残されている自室のベッドで寝てしまったのだ。

そんな自分とは対照的に、不動は誰にも感情を吐露《とろ》していないだろう。親に甘えるはずもなく、友人に愚痴るわけもない。

だから、自分だけが、すべてを受けとめてやらなくてはならなかった。

なのに……。

もしかしたら、不動の態度も写真の件も、すべて繋がっていたのかもしれない。

それならなおのこと、不動は絶対に、すべて解決するまで、自分の前に姿を現さない気がする。

――ったく……。

腹立たしいほどに愛しくて、如月は唇を噛み、くしゃりと前髪を掻き上げる。座椅子に背を沈ませて、美しく飾られた前菜の器を睨むように見つめる。

しばしの静寂。吉瀬川が猪口に酒を注ぐまろみのある音だけが部屋に満ちる。ややして如月は、背筋を正して視線を上げた。

「お断りします」

手をかしてやろうという、先の提案への返答だ。

吉瀬川は、愉快そうに口角を上げてみせるだけ。注いだ酒を、黙って口に運ぶ。

腹の底の見えない老人のそんな表情が何を意味するのか、まだ若い如月に読みきれるものではない。

それでも、返す言葉は揺るぎなかった。

「俺は、あいつを信じてる。あいつの能力も信じてる。だから、あいつが望まない限り、あんたの力は借りない」

不動が己の力で解決しようとしているのなら、自分はそれを待つ。そう毅然と返せば、吉瀬川は如月を試すように問いを投げてきた。

「このあとで頭を下げにくるかもしれんぞ」

「その必要があるとあいつが判断したんなら、俺も一緒に頭を下げるさ」

「あれがくだらぬ意地を張っていたらどうする?」

「そのときは、殴ってでもわからせる」

わずかな躊躇も見せず答えを返していく。すると吉瀬川は、クククッと愉快そうに肩を揺らして笑った。

「軟派な見た目に似合わず、筋の通った男だのう」

何気に失礼なことを言いながら、それでもたぶん称賛だろう言葉を寄こす。そして吉瀬川は「よかろう」と頷いた。

「まぁ、向こうは向こうで、灸《きゅう》をすえてくれんかと頼まれておるから、動かんわけにもいかんのだがな」

「……じゃあ、訊くなよ」

この問答はいったいなんだったのかと、如月は肩から力が抜けるのを感じつつ、呆れた眼差しを向ける。

それでも、吉瀬川の言いたいことがわからないわけではなかった。

だから、吉瀬川が取ろうとするのを制して徳利に手を伸ばし、酌をしながら苦笑気味に言う。

「ジイサン、ホントにあいつがお気に入りなんだな」

たぶん不動の祖父の代から、不動家の政治活動を見ているのだろう吉瀬川の琴線《きんせん》に、いったい何が触れたのか。この世界に詳しくない如月には、聞いてもわからないことなのかもしれないけれど、聞いてみたい気がした。でもその話は、不動と一緒のときにしたほうがいいような気がする。

「おまえさんのことも気に入っとるぞ」

「俺はいいよ」

ついでに付け足しただけならいっそありがたいものの、本気が垣間見えるから性質《たち》が悪い。ウンザリ気味に遠慮させてもらうと申し入れれば、吉瀬川は豪快に笑った。

「儂にそんなことを言うのはおまえさんだけじゃぞ」

吉瀬川に諂《へつら》う理由がないからだが、最初が最初だったから、もういまさらだ。「礼儀知らずで悪いな」と冗談交じりに肩を竦めれば、「いまさらだ」と返される。

「おまえさんが馬鹿丁寧に挨拶しようものなら、下心があるのかと不安になるわ」

「……よく言うぜ」

口の減らない老人の相手をしていても、こちらが疲れるばかりだ。座椅子にぐったりと沈み込んだ如月は、「飯が食いたいな」とリクエストした。孫の我が儘を聞くような顔で、吉瀬川はそれを聞き入れてくれる。

用聞きを終えた女将がするすると襖を閉めるのを、なんとなく見ていた如月は、ふいにポツリと呟いていた。

「怖い世界だな……」

それは、言おうとして紡いだ言葉ではなかった。言ったあとで、声に出していたことに気づいて、自分で驚いたほどだ。

戸惑いに瞳を瞬くと、向かいで小さな笑みが零れる。

「それがわかっておるのなら、それだけで充分じゃろう」

ゆっくりと顔を向ければ、そこには人生の大先輩の姿。

「あやつはそういう世界に戦いを挑もうとしておるのだ。それをわかってやれれば、それだけでいい」

身近にひとり、自分を理解してくれる人間がいてくれれば、それだけで戦っていけるものだと、吉瀬川は言う。

その言葉には、如月も感じ入るものが多々あった。先行するばかりの派手なイメージに苦しんでいたとき、不動は「ずっと見ていた」と言ってくれた。如月の本質を見抜いた上で、「変える必要も変わる必要もない」と言ってくれたのだ。

あのとき自分がどれほど救われたかを思えば、頷くよりほかない。

食えない狸爺ではあるが、さすがに重鎮と言われるだけの人物の言葉には重みがある。吉瀬川は、すべてを己の力で切り開いてのし上がった人物だ。虎の威を借りたものではないからこそ、今もその力は健在なのだ。

「俺、あいつの応援演説するのが、今んところの目標なんだ」

それまでに、応援する意味のあるビッグネームになること。いかに如月が人気俳優といっても、日本は広い。そして有権者層は幅広い。自分の顔と名前がプラスに働かなければ意味がない。

「ほほう」

吉瀬川は、顎髭を撫でて愉快そうに笑う。この老人になぜこんなことを話す気になったのか、自分でも不思議に思いながら、如月は口許に笑みを浮かべた。

「バカにしてんだろ?」

届けられた神々《こうごう》しいまでの照りを放つ白飯を口に運びつつ言えば、「そう卑屈になるでない」と、さらに笑われる。

「アメリカじゃ、ハリウッド俳優が支持政党の集会に顔だしたりしてるだろ？　でも日本じゃあんまりないよな」

かく言う如月も、不動の件がなければ、政治になどさして興味を持たなかっただろうが、日本の芸能界は政治家との繋がりに過敏な印象がある。

「日本人の気質的に難しいのかもしれん」

「ふうん？」

そういうものか…と、納得するようなしないようなな気持ちで首を傾げつつ、上品な味付けの椀で喉を潤す。香の物は浸かり具合が絶妙だ。

「応援演説はいいが、歌うでないぞ」

「……なんで？」

「歌手が歌うと、選挙違反になる」

芸能人が選挙応援の際に自らの芸を披露すると、有権者に対する利益供与とみなされ、公職選挙法違反に問われる場合があるのだ。

「へー……、……でも俺、俳優だけど？」

「舞台で歌っておるのだろう？　〝芸〟とみなされれば、危険性はないとは言いきれん」

「そうなんだ」

なるほど、そういう細かい規定があるから、不動も心配げにしていたわけか。自分もちゃんと勉強する必要がありそうだと、如月は心配になる以上に、愉快な気持ちに駆られた。

「そういや、次は政治家の役だそうだな」

どこから仕入れた話題なのか、確認はしないが、やけに情報の早い吉瀬川が、興味津々といった様子で尋ねてくる。だが、いったいどういう種類の興味なのかと問う前に揶揄を投げられて、如月はウンザリと長嘆した。

「なかなか面白い話に仕上がりそうではないか」

「それ、誉めてんのか貶《けな》してんのかどっちだよ」

キャスティングの意外性をウリにしているのかと言いたいのはわかるから、憮然と返すよりない。吉瀬川は愉快そうに笑うだけだが、如月は不貞腐《ふてくさ》れた顔で猪口と徳利を手に取った。

そこへ、襖の向こうから声がかかる。

「失礼いたします」

応えを聞いて姿を現したのは、如月拉致犯のひとり——吉瀬川の側近だ。

いったいどんな報告を受けたのか、耳打ちをされた吉瀬川は、それまでの上機嫌な表情から一変、低く唸って腕組みをした。

「しようのないやつだ」

やれやれ…といった調子で嘆息する。だが、黒服の態度から受ける印象ほどには、深刻でもない様子。

しかし、報告の内容を知らされた如月はといえば、やれやれ…などと、ため息をついている場合ではなかった。

「殴り合いの喧嘩になる前に、止めに行ったほうがよさそうだぞ」

「……っ!?　まさか……」

不動が直接対峙するような、頭の悪い解決法を選ぶはずがない。となれば、向こうがしかけてきたことになる。

状況はわからないが、如月との関係を持ち出して脅されているのだとすれば、不動は何をしでかすかわかったものではない。自意識過剰でもなんでもなく、自分に不動を動かす力があることを、如月は知っている。なぜなら、自分に置き換えても同じだからだ。止めないとまずい。

「まったく、何を苛ついておるのか知らんが……秘書の相良《さがら》は何をしておるのだ。幼馴染で気心も知れておるのだろう？　悪いことは悪いと、なぜ言えん」

不快感を含んだ言葉を向けられた側近は、困った顔で「それは……」と言葉を濁す。猪口を放り出して、如月は腰を上げた。

「殴り合って終わるんなら、そのほうがよっぽど健全だ」

「しょうがないのお。おいたもたいがいにせぇ、と――、――待て待て、送らせる。こら、待たんか、ボウズ！」

吉瀬川の制止も聞かず、如月は大股に部屋を出る。

主《あるじ》の言いつけを聞いた側近が追いかけてきて、如月が店を出たときには、すでに玄関先に黒塗りの車が停まっていた。

「行き先くらい確認してから飛び出せ、と御大《おんたい》より伝言でございます」

前にまわり込んで後部座席のドアを開けてくれながら、黒服の側近が淡々と吉瀬川の言葉を代弁する。むっつりと口をへの字に曲げたものの、如月は礼を言って車に乗り込んだ。

8

呼び出されたホテルの一室で、倉科《くらしな》はひとりで待っていた。いつも影のように付き従っている秘書の姿はない。

「悪いね、こんな時間に」

大きなソファの真ん中で、足を組んでロックグラスをくゆらせる。型にはまりきった仕種は、駆けだしのホストを思わせて、不動《ふどう》は当時の自分と重ね合わせ、内心でひっそりと自嘲の笑みを零した。

呼び出されて、面倒だと思いつつも、如月《きさらぎ》の件もあるため無碍《むげ》にもできず出向けば、実にわかりやすいシチュエーション。

「多忙な代議士先生にお暇な時間などないでしょうから、かまいません」

サラリと嫌味を返せば、倉科の眉がわかりやすく反応する。馬鹿ではないが、感情が表に出やすい男だ。

だがさすがに、その程度で引くような相手でもなかった。

「あの写真、彼にも見せてあげたんだけど――」

ソファに背を沈ませて、少し離れた場所に立つ不動を見上げる。そうきたか…と思ったものの、不動は動揺を表に出すような醜態《しゅうたい》は曝さなかった。

「――聞いてないのかい？」

不動の変わらぬ表情を見据えて、倉科は口許に勝ち誇った笑みを浮かべる。

たとえわずかであっても感情を表に出したつもりはなかったが、あてずっぽうなのか本当にこちらの反応を読み取っているのか、こういうところがただの坊々《ぼんぼん》ではないと思わされるから厄介だ。

「相談もないとは……恋人なのにつれないね。それとも、もっと軽い関係なのかな？」

こちらが反応を返さないのをいいことに、適当なことを言ってくれる。

この程度のことで呼び出したのなら、もはや用はないと不動は判断した。

「必要があれば、向こうは向こうで処理しているはずだ。俺の出る幕ではないな」

くだらないと吐き捨てれば、倉科の顔から余裕が消えた。

芸能界には芸能界のやり方がある。

如月には有能なマネージャーがついているし、事務所からも大切にされている。如月自身、浮き沈みの激しいあの世界でもう何年もトップを走りつづけているのだ。並みの強《した》かさではない。火の粉が降りかかればいかようにも払うだろうし、やられっぱなしになっているタマでもない。

何より自分たちは、支え合い、寄り添い合い、助け合うだけの甘ったるい恋人関係ではない。何よりも、ライバルだ。互いの力量を忌々しくも認めた上で、妬ましさ以上に強い感情を忘れられなかった。恋情も愛情も欲望も、すべてであって、しかし足して割ってもこの感情にはならない。

ときには甘えて縋っても、それだけでは終わらない。でなければ、肉欲を伴うほどの強い感情を、同性相手に抱いたりはしない。

「ご用件はそれだけでしょうか？　でしたら失礼させていただきます」

それは、ひとつの賭けでもあった。

微塵の未練も見せず背を向ければ、背後で明らかな反応。慌てた様子で腰を上げた倉科は、不動の予想以上に感情を剥き出しにした。それが、不動のなかに、小さなひっかかりを生む。

「いいのか！　本当にバレても!?」

倉科の反応を試したのは不動だが、それにしても反応が顕著《けんちょ》すぎる。理不尽さを漲らせる倉科の顔が、不動に落ち着きをもたらした。

「好きにしろと言っている」

「世間に後ろ指さされてもいいと言うのか!? 君だけの問題じゃないんだぞ!」

「その程度の覚悟なら、ホストをやめてこの世界に足を踏み入れると決めたとき固めている。いまさらだな」

「……くっ」

忌々しげに唇を噛み、拳を握る。倉科の怒りの矛先《ほこさき》が自分に向いているように感じられないのはいったいなぜなのか。その答えを求めて不動の頭脳が高速で回転をはじめたときだった。

「なぜだ!? どうしてそんなに冷静に――」

倉科に言葉を切らせるノック音。

コネクティングルームから姿を現したのは、倉科の秘書だった。相良《さがら》といって、不動家にとっての田部井《たべい》のように、代々倉科の秘書を務める家柄の出で、倉科が出馬を決めたときに、秘書に就任したと資料には書かれていた。

「……っ!? なんだ!?」

まるで悪戯を見つかった子どものような反応だと、不動はいささかの驚きをその目に宿す。だがもう、倉科の目は不動を見ていない。

「お話し中、失礼します」

不動にひと言断って進み出た相良は、手にしていた茶封筒から書類の束を取り出した。それを、ついさきほどまで倉科が座っていたソファのローテーブルに広げて見せる。

「こちらを」

相良が提示したのは、以前不動が倉科から見せられたのと同じ——写真の束とデジタルメディアと、週刊誌のゲラをコピーしたものと思しきOA用紙だった。どうやら不動に隠す気もないらしく、堂々とすべてを広げて見せている。

「これ…は……」

目を見開いた倉科は、小さく舌打ちして、秘書から視線を逃がした。だがその表情が心底気まずげでないのはなぜなのか。

「ご安心ください。こちらのくだらない記事は止めました。あなたのお相手をしたという女性にも、口どめしてあります。人数が多いので、少々予算オーバーになりましたが、しかたありません」

「そう…か……」

倉科は、言葉を濁して、広げられた記事と写真に視線を落とす。そして、秘書の冷然とした顔をチラリと見やった。たしか相良のほうが歳上で、この世界での経験も長かったはずだから、代議士と秘書とはいえ、実権は相良が握っているのかもしれない。手のかかる若様を押しつけられた、といったところか。

立ち去るきっかけを失った不動もことの成り行きを見守るよりなくなって、そんな分析をしていたわけだが、しかし状況はまたも予想外の方向へと転がりはじめた。

「問題はこちらの――」

女性問題に関しては早々に切り上げて、相良はもう一件別口の問題――広げられた資料を見る限り、不動の目にはこちらのほうが厄介な案件に思える――に話を移そうとする。

その淡々とした口調を、眉間に深い縦皺を刻んだ倉科が制した。

「待て」

「なんでしょう?」

秘書の相良は、あくまでも落ち着き払ったままだ。

――これは……。

呼び出された立場でありながら、ふいに蚊帳《かや》の外に置かれてしまった不動は、ここぞとばかりに人間観察を怠らない。その不動の目に、これまで見えていなかった人間関係が見えはじめる。

「それだけか？　その……」

何か言いかけた倉科は、

「ほかに何か？」

冷たくも聞こえる切り返しを食らって、言葉を呑み込む。

女性問題とはいっても、倉科は独身だから、多少のおいたは大目に見てもらえる。不倫ではないのだから、どうとでもいいわけは可能だ。だから、もうひとつの案件のほうが秘書の立場としては頭痛の種といえるのは間違いない。

しかしそれにしても、相良の反応は淡々としすぎている。言葉を探すそぶりを見せたものの、探しきれなかったのか、倉科は口を閉じてしまった。

——なるほど。

そういうことか…と、不動は胸中で笑いを噛み殺す。どうりで自分につっかかっていたわけだ。

「若様のご乱行、か……」

相良が持ち込んだ週刊誌のゲラのコピーを取り上げて、ざっと目を走らせる。斜めに走る大袈裟な見出し文字と適当な煽り文句。どこのアイドルのすっぱ抜き記事かと思わせられる、下世話な文章が躍っていた。

夜の街で遊ぼうが、ホステスを複数名お持ち帰りしようが、お互い納得ずくならかまわないではないか。金を渡したのなら問題だが、そういう事実もないようだし、昔の如月に比べたら可愛いものだと思える程度のものでしかない。

「他人にどうこう言っている場合ではなかったようだな」

コピーを指先でピンッとはじけば、倉科が忌々しげな顔で舌打ちする。だが彼が本当に舌打ちしたいのは、不動の痛い指摘ではなく、己の算段通りに運ばなかった、今現在の状況だろう。

「世間知らずが、己の力量を過信して浅はかな行動をとるからだ」

女性問題とは別口のもうひとつの案件、それは、倉科が議員バッジをつけるにいたった選挙において、公職選挙法違反——選挙期日後のあいさつ行為の制限——にあたる行為をしていたのではないかと告発する記事だった。

だがどうやらそれは倉科を攻撃するための入り口でしかないようで、記事の最後は、彼が父親の公設秘書をしていた当時に秘書給与の詐取疑惑があるのではないかとして、今後も取材をつづける、と締めくくられている。

「……っ、貴様に言われる筋合いは——」

「——散々面倒なことをしてくれたんだ。言う権利があると思うが？」

わかりやすく口調に呆れを滲ませて返せば、倉科の手が胸倉《むなぐら》に伸びた。

「俳優なんて軽薄でロクでもない男に入れ上げて、己に課せられた使命を忘れているからだ！」

不動の胸倉を掴み上げ、手前勝手な価値観を押しつける。似たような境遇に育っているから、言いたいことがわからないわけでも、倉科がそういう考えに至った経緯の想像がつかないわけでもないが、正直迷惑だ。

そして何より、倉科は許しがたい地雷を踏んだ。

「……なんだと？」

これまで努めて冷静に対応して、不利な体勢ながらも自分のペースに引き込むことに成功していた不動だったが、如月を貶されては聞き流すことはできない。

胸倉に掴みかかる手を掴んで放し、容赦のない力を加える。倉科の顔が痛みに歪んだ。背後に控える相良が、騒動に発展する前にふたりを制そうと一歩を踏み出す。

だが、結果としてこの睨み合いに割って入ったのは、相良ではなかった。

スイートルームに鳴り響くドアチャイムと、ドンドンと外からドアを叩く音。そして「師眞《かずま》ー！」「いるんだろー？」と、さすがの肺活量でもって響く声。

ふたりに一瞥を投げたあと、相良はドアへと駆けていく。

やして、大股に部屋に踏み込んできた長身の主は、部屋の真ん中で掴み合った恰好のまま固まるふたりを交互に見やって、呆れた顔で長嘆をひとつ。それから、くしゃりと前髪を掻き上げた。

「如月柊士《しゅうじ》……」

呟いたのは倉科。

「殴り合いにはなってなかったみたいだな」

そんなことを言いながら歩み寄ってきて、倉科の腕を掴む不動の手を外させる。

「……？　柊士？」

何を言っているのかと訝る視線を向ければ、「こっちの話だ」「気にするな」と、余計に気になる返答が返された。

「どうしてここが……」

不動に掴まれた手首をさすりつつ、倉科が唖然と尋ねてくる。倉科が呼び出したのでなければいったい誰が…と訝っていると、如月の口から聞き捨てならない形容が紡がれた。

「さすがは政界の狸、すげぇ情報網だよな」

「吉瀬川《きせがわ》の御大か」

不動は忌々しく眉間に皺を刻み、倉科も面倒くさそうに舌打ちをする。

倉科の父親も、吉瀬川と交流がある。立場的には、不動騏一《きいち》と変わらないはずだ。つまり、吉瀬川には逆らえない。

「拉致られて、飯ごちそうになってたら、側近が知らせに来たんだ」

何やってんだよ…と、倉科に乱された襟元に手を伸ばし、ネクタイのノットを整えてくれる。その表情には、さしたる危機感は感じられない。だが、乗り込んできた理由は、不動がここに呼び出された理由と、根本は同じはずだ。

不動の身だしなみを満足のいくまで整えて、それから如月は倉科に向き直る。そして、携帯電話を取り出して、いくらか操作したあと、ディスプレイを倉科に向けた。

「で？　ジイサンが言ってたのって、あんたか。てことは、俺にこれ送って寄こしたの、あんただろ？」

如月の携帯電話のディスプレイをうかがって、不動は眉間に皺を刻む。如月にも送ったと言った倉科の言葉は、ハッタリではなかったらしい。

「……」

倉科は、忌々しそうに口許を歪めながらも、眩しそうに目を細めて如月を見やる。

はじめて生の如月柊士と対面すれば、誰でもこうなるのだろう。不動にも、覚えがある。選ばれた者だけが持ちうる目に痛いほどの眩しいオーラには、特別な力があるのだ。如月柊士になど興味はないとアンチ意見を掲げる人間すらも魅了してしまう、影響力の強いオーラだ。

無反応の倉科を見て、「ま、いいけど」と、差し出した携帯電話を閉じてもとあった場所へ戻す。

どうするのかと思って見ていると、こちらをうかがう如月の瞳に、ギラリ…と不穏な光が宿った。剣呑《けんのん》なものではない。むしろ愉快そうにも見える。だが腹の底は煮え立っているとわかる、不動ですら気圧される眼差しだ。

「師眞」

ちょいちょいっと指先で呼ばれて、逆らわないほうがよさそうだと傍らに立てば、ついさっき自分の手で整えたはずの胸倉を乱暴に掴まれた。

「？　——……っ!?」

呻き声すら、漏らす間はなかった。

噛みつくように口づけられて、反射的に目を瞠る。息を呑む音が聞こえた。倉科のものだろう。

だが、口づけは深まる前に解かれて、間近に見据える不服げな瞳と、伊達眼鏡に伸ばされる指。

「やっぱ邪魔だな、これ」

取り去った銀縁眼鏡を不動のスーツの胸ポケットに落として、如月は再び胸倉を引っ張る。抗わずにいると、スルリと首に腕がまわされた。

見つめ合ったまま、距離を縮める。瞳は閉じない。

再び唇が触れて、それからやっと瞼を落とした。ゆっくりと。

第三者の目など気にもせず、口腔に舌を差し入れ、情熱的に舐る。唖然呆然と佇むしかない倉科に見せつけるように、角度を変え、淫靡《いんび》な水音を立てて、如月は不動の口腔を貪った。

しなやかな背を引き寄せ、舌を絡め返せば、首に絡む腕の囲いが狭められる。指の長い綺麗な手が頬を包み込み、ゆるく流した髪を梳いて、後ろ髪に絡んだ。

さすがにドラマでキスシーンをすることが多いだけのことはある。見せ方を心得た、耽美で情熱的なラヴシーンに仕上がっていることだろう。

このままベッドインしてもなんら不思議はないほどに、欲望を焚きつける、本気のキスだ。

チラリと視界の端を確認すれば、いつもはクールに構えていて、まるでロボットのように表情の変わらない相良までもが、ゆるりと目を瞠っている。皺が寄るほどにスーツの胸元を掴むなんて、身だしなみにも気を遣う敏腕秘書らしからぬ反応だ。

その手前で倉科は、唖然と目を瞠り、しかしやがてその表情が忌々しげに歪んでいく。

たっぷりと見せつけて、口づけが解かれる。

銀色の糸が引いて、如月の舌が不動の唇を舐めた。淡く食んでじゃれつき、額と額を合わせる。余韻を楽しんで、それから如月は計算されつくした表情を倉科に向けた。

「ばらしたきゃばらせよ」

そう言って、視線は倉科に定めたまま、不動の頬に綺麗な手を這《は》わしてくる。悩ましくなぞるそれは、鍛えられた肉体とプライド高い精神を持つ男だからこその艶に彩られ、無言のままに第三者を挑発する。

愉快、としか表現のしようもない。

不動は喉の奥で低く笑った。

如月の視線の先で倉科は、まるで蛇《へび》に睨まれた蛙《かえる》だった。身動きできないまま、カッと頬に血を昇らせる。如月柊士の艶をまともに食らって、正気でいられるはずもない。

だが、さすがに並みの男以上には、倉科は強い精神力の持ち主のようだった。もちろん如月の色香にぐらつかない理由はほかにちゃんとあるわけだが。

「なんでだ……っ」

それは、さきほど相良に邪魔されたために、発することのかなわないまま彼の喉の奥に消えたはずの叫びだった。

「なんでそんなに平然としていられるんだ⁉ 出馬する前に潰されるかもしれないんだぞ⁉ 芸能界から干されるかもしれないんだぞ！」

半ば抱き合った恰好のまま、寄りそう不動と如月に、それぞれ信じられないと訴える。

不動の肩に腕をのせて、激昂する倉科を見つめる如月と、その如月の腰に腕をまわした恰好で視界の端に相良の様子を捉えていた不動は、視線を交わして、無言のまま互いの腹づもりを確認した。

「潰されねぇし、干されねぇ、っつの」

失敬な、と髪を掻き上げる如月に、倉科が鋭い眼光を向ける。

不動の力量を買っているようだから、そんな倉科にしてみれば、如月は不動をたらしこむよからぬ輩、ということになるのだろう。

まったくもって、余計なお世話だ。しかもそれが、吉瀬川の見せる老婆《ろうば》心や、父から寄せられる過大な期待などとは違う次元で生まれたものだと、すでに充分伝わっているからなおのこと腹立たしい。

八つ当たりされるいわれも、癇癪《かんしゃく》を受けとめてやらねばならない理由も、こちらにはないのだ。

「先生」

「……っ」

主の所業を諫めようと背後からかけられる静かな声に、倉科の肩がビクリと震える。それを見た如月が、耳元で「そーいや幼馴染だって、吉瀬川のジイサンが言ってたっけ」と呟いた。

代議士と秘書である前に、すでに人間関係ができていたわけか。それならば、倉科のほうに同情の余地もある。

「……っ、どうしておまえはいつもそうやって落ち着き払ってるんだ！」

倉科が、とうとう感情を爆発させた。微笑ましいと言えなくもないが、他人を巻き込まずにできなかったものか。

「おっしゃる意味が理解できません」

相良の反応は、相も変わらず冷淡だった。倉科がその薄い肩を掴んでも、眉根に皺ひとつ刻まない。

「俺の気持ちはわかってるだろ!?　彼らを見て、何も感じないのか!?　少しは――」

「そのお話でしたら、ずいぶん以前にお断りしたはずです」

「本当に拒絶する気があるのなら、さっさと結婚すればいい！　なのに見合い話を断りつづけてるのはなんでだ!?　おまえだって俺のこと――」

だから諦めがつかないのではないか！　と主張する倉科に対して相良が返した言葉は、見守るふたりの想像の上をいくものだった。

「そこまでおわかりいただけているのでしたら、無理をおっしゃらないでください」

相良は、アッサリと倉科への気持ちを認めた。さきほど視界の端に捉えた表情からわかってはいたが、しかし、つづいて展開させられた彼の価値観には、さすがの不動も如月も唖然とするよりない。

「ですが、それは手前の勝手。あなたの将来を邪魔する理由にはなりえません。ゆえに、私は私の感情の成就を望みません」

パーフェクトすぎる拒絶だった。ついウッカリ倉科に同情したくなるほどに。

「……っ、おまえは……っ」

倉科が拳を震わせても、相良の表情は変わらない。

「私の仕事は、あなたが政治活動を滞りなく行えるように支えることです。それ以上でも以下でもありません。――私は、秘書ですから」

鉄壁の返答に、これ以上切り込む隙を見つけられなくなったのか、倉科はぐっと言葉を呑み込んで憮然と会話を切った。

「……っ、もういいっ」

これ以上聞きたくないとばかりに吐き捨てる、その苛立ちを隠しもしない表情が、倉科の抱えた問題の根深さを知らしめるものの、第三者が立ち入るわけにもいかない。難儀なことだと、不動も如月も、胸中で十字を切るだけだ。

「事務所にお戻りください。これの対処を話し合わなくてはなりません」

「対処だと？　私は何も――」

「わかっています。公選法違反も秘書給与の件も、すべて濡《ぬ》れ衣《ぎぬ》であることは誰よりも私が知っています。ですが、あなたの雇った記者くずれのパパラッチが、あなたを裏切ってどこと繋がったのか、はっきりさせなくてはなりません。でなければ、不動さんにもお父上の不動議員にもご迷惑がかかります」

滔々《とうとう》と正論を述べられて、倉科はぐっと握った拳から力を抜いた。

「私を信じてください。私がこれまでに、先生の不益《ふえき》になるようなことをいたしましたか？」

「……っ、わかったよっ」

おまえの好きにしろ！　と吐き捨てて、背を向けてしまう。相良はローテーブルに広げた資料をまとめて茶封筒にしまい、脇に抱えた。

「話は終わったわけ?」

如月の茶化した声には一瞥を投げて、それから倉科は不動を指さす。

人を指さしてはいけませんと、子どものころに教わらなかったのかと揶揄を返す前に、感情を高ぶらせた声がかかった。

「いいか、次の選挙では絶対に出馬するんだぞ!　君にやってほしい仕事は山ほどあるんだ!」

一方的に同胞意識を持たれても困るのだが、倉科の目は冗談を言っていない。

「勝手に決めるな」

ウンザリと返せば、

「世論を操作してでも、その気にさせてやる」

まったく反省のみられない言葉が返された。

首を洗って待っていろ!　などと、日本語として微妙に間違っているのではないかと思わされる言葉を寄こされて、迷惑なことだと不動は肩を竦め、嘆息する。

耳元で、たまりかねたらしい如月が噴き出した。不動の肩に頭をあずけて、笑いをこらえている。

「待て」

ドアの向こうに消えようとする倉科を、不動は呼びとめた。

「なんだ!?」

眉間にくっきりと皺を刻んだ顔で振り返った倉科に、多少の仕返しとばかり問いを投げる。

「この部屋、使わせてもらっていいのかな?」

如月の腰を見せつけるように引き寄せれば、倉科の眉間の皺がさらに深まった。自分はまったく空回りしているのに、この先に待つ恋人同士の濃密な時間を想像させる態度を見せられれば、やさぐれもするというものだ。

「……っ、勝手にしたまえ!」

吐き捨てて、今度こそ倉科はドアの向こうに消えた。

ドアを開けて待っていた相良は、その背を追う前に、ふたりを振り返り、深々と腰を折る。

「大変お騒がせいたしました。このお詫びは後日、わたくしの責任において――」

その言葉が、倉科が何を思ってこんな馬鹿なことをしでかしたのか、理解していることを伝えた。当然といえば当然だ。それなら止めろと言いたいところだが、先の想像の上をいくやりとりといい、ふたりの間に会話から推察可能なもの以上の何が横たわっているのかは、当人たちにしかわからない。

実害がなければそれでいいと、判断した不動より先に、如月が相良の言葉を遮った。

「早く追いかけてやったら？　あの手のタイプは、拗ねると手ぇつけらんねぇだろうし」

親指を立てて、くいくいっとドアを指し示す。

「ありがとうございます」

失礼します、と相良は礼を尽くしてドアの向こうへと消えた。

リビングのドアの開閉音のあとに、スイートルームのドアの開閉音が聞こえるまでを確認して、ふたりは同時に深いため息をつく。「そんなことかよ」「マジで焦って損した」と、如月が毒づいて、不動はへの字に歪められた唇を、機嫌を直せと親指の腹でなぞった。

「どうやら図星だったらしいな」

最後に如月が相良にかけた言葉を、なぜわかったのかと尋ねれば、如月はへの字に歪めていた唇にニンマリと笑みを浮かべる。

「似たような奴と身近に接してるからな」

大いに含むところのある視線を寄こされ、「気づいてないかもしれないけど、似てるぞ、おまえとあいつ」などと評されて、不動は目を丸めた。さらには、育った環境が近いと性格も似てくるのかもな…などと言われて、今度は不動が憮然と口をへの字に歪める。

自分が、あんな浅はかでガキっぽい野郎と同レベルだと？

などと憤っている時点で如月の言う通りなのだが、この手のことは本人にはわからないものだ。

「……」

むっつりと腕組みをすれば、

「拗ねるなよ」

いなす言葉とともに、唇で甘く鳴るキス。

腰に添えた腕に力を込めれば、しなやかな腕が首にまわされる。

「巻き込んで悪かった」

詫びるべき内容はあれこれあるものの、それらすべてを包括する言葉を真摯に告げる。

如月は上唇に軽く噛みついてきた。

「言いっこなしだ。ふたりの問題なんだから」

許しの言葉のかわりに告げられるのは、寛容な確認の言葉だ。

「そうだな」

軽く触れるだけのキスとともに言葉を返して、それから今度は強く腰を引き寄せる。

計算ではなく欲望のままに交わす口づけは、深く浅く、あらゆる角度から官能を刺激してやまない。

如月の指が、不動の髪を掻き乱す。

久しぶりに触れる体温は、記憶にある以上に熱くて甘かった。

9

倉科《くらしな》が宿泊予約していたホテルは、無駄に豪華なスイートで、これが経費で落とされていたりすれば問題になるのだろうなぁ…などと、ついつい考えてしまう。

その広い部屋の真ん中に置かれた座り心地のいいソファで、腰を落とした恰好のまま半ばおおいかぶさる不動《ふどう》の上体を受けとめながら、自身はソファに身体を投げ出した恰好で、如月《きさらぎ》は目に眩しい天井のシャンデリアを見上げる。

「吉瀬川《きせがわ》のジイサンに助けてやるって言われて、いらねぇって言っちまったからさ、ヤバかったらどうしようかと思った」

なんとかなったみたいでよかった、と深い息を吐き出して濡れた唇を手の甲で拭い、口づけ合う間に乱れた髪を掻き上げる。そんな如月を足を組んだ恰好で見下ろす不動は、吉瀬川の名を聞いて眉間に皺を刻んだ。

「なんでおとなしく食事の相手などしていたんだ？」

「なんで、って……腹減ってたし」

スーパーを出たところで拉致られて、そういえばレジ袋はどうしたっけ？　と考えるものの、たいしたものは買ってないからもはやどうでもいい。

「油断のならない年寄りだ」

どうにもズレているとしか思えないところにひっかかりを覚えているらしき恋人の眉間の皺を見上げて、如月は嘆息する。

「……あのなぁ」

暇を持て余す老人相手に妬いてどうする。——と思うものの、向けられる独占欲が心地好いのもまた事実だ。

それでも、今回に限っては冗談話に紛れてうやむやにはできないから、如月は不動の胸倉に手を伸ばし、乱暴に引き寄せた。シャンデリアの光が遮られて、視界には端整な顔しか映らなくなる。

「ホントに大丈夫なのかって、心配してんだろうが」

吉瀬川の言いなりになるのは我慢ならなくて、あの場では毅然と返してしまったけれど、利用できるものは利用する、というスタンスも選ぶことが可能なのだ。

「そのわりに、大胆極まりなかったと思うが？」

そんな心配をしているようには見えない態度だったと、先の倉科を挑発した件を持ち出されて、いまさら気恥ずかしさに駆られた如月はムッと唇を歪めた。

「あれ…は……」

これは俺の男だ文句あるかと、第三者の前で宣言してしまったようなものだ。だが、あの場ではああする以外に思いつかなかったのだからしかたない。

吉瀬川が用意してくれた車のなかで、如月は考えていたのだ。

この先のことを。

吉瀬川の話を聞く限り、今回はどうやらさほど危険でもないらしいと思われたが、しかし今後どうなるかはわからない。

今回のことで思い知った。

バラしたきゃバラせ！　と、容易に発言できるものではないことに。開き直るなんて、いざ現実を目の当たりにしたら、言うほど容易いものではない。

天涯孤独《てんがいこどく》の身の上でもない限り、自分のことだけを考えて生きるなんて不可能だ。自分は自分、なんて正論を、世間は通させてくれない。

藤咲《ふじさき》も相手のシェフも、もはや家族はないのだとマネージャーに教えられた。だからこそ彼らは、目に見える繋がりを欲したのだろう、とも……。

だが、もはや肉親がないとはいっても、世間はいざとなれば死者にまで矛先を向ける。亡くなった親はどんな人間だったのかと正気とも思えぬ詮索《せんさく》をはじめる。

自分たちに置き換えて、万が一不動との関係がバレたら、不動の今後に、不動騏一《きいち》の政治活動に、そして自分の家族に、どんな影響がでるのか、たぶんきっと自分の想像の範疇《はんちゅう》を大きく逸脱しているような気がする。

なんとかなる、なんて簡単には言えない。

それでも、それがどうした！　と、言い返したい気持ちもあるのだ。

「おまえを愛してて、何が悪い」

「柊士《しゅうじ》……」

不動の瞳が、ゆるりと見開かれる。

「なんか……言いたい気分だったんだよっ」

悪いかよっ、と吐き捨てて、ふいっと視線を逸らす。その顔を、不動の綺麗な手が、やさしく正面に戻した。

「愛してる」

なんの衒《てら》いもなく、不動は愛の言葉を口にする。

それがどれほど特別なことか、あらためて気づかされる。

真摯な瞳の真ん中に、自分がいる。そんなことに感動を覚える。

身体だけ大人になって、でも心は高校時代においてけぼりで、だからいい歳をして、こんな恋愛をしている。

純情と形容していいそれを認めるのは、悔しいし恥ずかしい。でも事実だからどうしようもない。

「ああ……俺も」

掴んだ胸倉を引っ張れば、唇にそっと触れる熱。

間近に触れる吐息が、賛辞の言葉を紡ぐ。

「如月柊士の真骨頂《しんこっちょう》だったな」

あのときの倉科の顔を思い出したのか、不動はククッと喉の奥で低く笑った。たしかに爽やかさ際立つ二枚目が、目も当てられない顔になっていた。

「すげー人気なんだろ？　お育ちの良さが滲み出てるから、奥さん連中に好かれそうだよな」

「らしいな」

情報など全部頭に入っているだろうに、興味なさげなふりをする。そんな不動の反応を、如月の口から自分以外の男を賛辞する言葉を聞きたくないがためのものと理解して、如月はそれを宥《なだ》めるべく「それに――」と言葉を継いだ。

「あいつ、そんなにロクでもないやつじゃなさそうだったし」

吉瀬川の評を信じるなら、きっとこの先不動の助けになる存在のはずだ。もちろん向こうも同じことを期待しているのだろう。だからこその、最後のセリフだ。

「あの様子なら大丈夫だろう。ガキの癇癪を振りまわすな、とは言いたいが」

忌々しげに吐き捨てる表情は、心底嫌そうで、如月はやれやれだ…と首を竦めた。

「本当に、無理やりにでも出馬させられそうな勢いだったもんな」

ククッと笑えば、他人事ではないと憮然とされる。

「応援演説が待ってるんだぞ。おまえにはまず、やっていいことと悪いことを覚えてもらわないとな」

「あー……」

それか…と、吉瀬川から聞いた面倒なあれこれを思い出して、如月は面倒くさいな…と呟く。だが不動の眉がピクリと反応するのを見て、またもやれやれだ…と嘆息した。

「しょうがねぇな。俺も少しは勉強するか。――なんか、楽しいことになりそうだし」

「楽しいこと？」

「協力者がいれば、できることが増えるだろ？」

ソリが合うか合わないかは別として、倉科とは同じ秘密を抱える者同士だ。協力関係は築けるだろう。どんな世界でもそうだが、ひとりでは戦えない。吉瀬川という大きな後ろ盾がいても、実際に現場で頼れる存在は不可欠だ。

「なんてったって、同性結婚できるようにしてもらわきゃなんねぇからな」

ゴールは遠そうだと、予想される困難な道筋を揶揄すれば、不動はニヤリと口角を上げる。

「本気だったのか？」

「ほー……問題発言だな。ん？」

茶化した返答に目を細め、ペシペシと軽く頬を叩いて威嚇《いかく》すれば、その手をゆるく握って制された。

「本気にしていいのなら、考えるぞ。マイノリティー層に訴えて指示を募るやり方もある」

本気なのか冗談なのか。だが不動が言うからには、まったく夢物語でもないのだろう。

「おまえは正統派のほうが似合いそうだけどな」

面白そうではあるが…と返せば、元ナンバーワンホストの経歴がつく時点で、正統派も何もないと笑われる。

たしかにそうだ。自分はいまだに、高校時代の不動のイメージを拭い去れないでいるのかもしれないと思わされた。でも、ずっと忘れられなかった存在なのだから、許してほしい。

「芸能界ではすでに受け入れられているんだ。政治の世界でいつまでもNGということもないだろう。だいたい、稚児《ちご》遊びに興じていながら、表では平然と倫理を持ち出すなんて、面《つら》の皮が厚いにもほどがある」

サラリと披露される、裏事情。

そういう趣味の政治家や官僚が実際にいるらしい。

「……えぐいな」

思わず口許を引き攣らせれば、エリートほど変態が多いと、身も蓋もない言葉が返される。そのなかに自分も含まれるのでは…という突っ込みは、あえて返さなかった。このあと妙なスイッチが入っても困る。

「世論をどれだけ味方につけられるかは別問題として、党上層部を黙らせることは可能だ」

世論はメディアに左右される。メディアを完璧に操ることは不可能だ。

だから、世間にバレたときに世論がどう出るかはそのときになってみなければわからないが、内々に圧力がかかった場合には、権力を逆手にとって、対処方法の選択肢をこちらで選びとることも可能だと言うのだ。以前に吉瀬川に対峙したときの返答も、その選択肢のなかのひとつだといえる。

怖いもの知らずな発言だ。だが、向こう見ずなわけではない。

「ジジイどもの反感買うぞ」

それ以前に、逆に潰されかねないのではないかと指摘すると、不動はふいに口許に刻んでいた余裕の笑みを消し去った。

「……師眞《かずま》？」

こちらも笑みを消して、どうした？　と問えば、再び重ねられる唇。視界いっぱいに互いの顔を映して、そして不動なりの覚悟の言葉が告げられた。

「おまえのためなら、吉瀬川の御大に使われてもいい。逆に利用し返すだけのことだ」

「師眞……」

女相手ならきっと、だから俺を信じてついてこい、とでも言うのだろうが、如月相手にそれをしない。如月も、それでいいと思っている。

寄りそい支え合うだけの関係ではないのだ。ときには対立し、意見を闘わせ、クールなまでに互いの力量を見極めながら、それでも互いの存在を必要としている。

愛だけでもない、恋だけでもない、憧憬《しょうけい》とか対抗心とか、簡単に言いあらわせる感情でもない。それらすべてを内包する、純粋に相手を求める欲望だ。

ずっとずっと忘れられなかった。

この男を欲しいと思った。

「おまえ、やっぱサイコー」

額に額を合わせて、如月なりに最上級の讃辞を贈る。

「惚れなおしたなら、態度で示してほしいものだ」

返されたのは、ニヤけたセリフ。視界に全体が映されていなくても、脂下《やにさ》がっていることがはっきりとわかる顔が、目の前にある。

「……その表情《かお》はサイテーな」

茶化せば、不貞腐れた感情が伝わる。

「黙れ」

口づけに言葉を塞がれて、如月は体重をのせてくる広い背に腕をまわした。久しぶりだからか、口づけても口づけても、物足りない気がする。

断りもなくシャツのなかに滑り込んできた不埒な手を止めて、不服げな顔を上げた男に、魅惑的な提案を投げる。

「このスイートのバスルーム、かなりすごそうじゃねぇ？」

艶めく瞳を眇めて挑発すれば、不動は眩しそうに目を細めた。

「いい提案だ」

腕を引かれ、身体を引き上げられる。

もつれ合うようにしてバスルームに辿りついたときには、互いに一糸《いっし》纏《まと》わぬ姿になっていた。


丸いジャグジーの湯はネオンブルーに色づいて泡立ち、軽やかな水音を立てる。

降り注ぐシャワーの湯が大理石の壁や床を温めて、広いバスルームには湯気がもうもうと立ち込めていた。

湯音に混じって響く、艶を孕《はら》んだ掠れた声と、荒い息遣い。

泡立つ湯に半身浸かった状態で、対面に抱き合い、互いの欲望を刺激し合う。

じゃれあうキスと、敏感になった肌を嬲《なぶ》る泡の感触。

湯の温度だけではないものに、肌が上気して、鼓動を速めていく。

「ん……う、あっ」

仰け反らせた喉に食い込む歯の感触が、背筋を伝って腰の奥に届く。

危うい火を灯した身体の芯が、蕩ける喜悦に痺れて、濃い快楽を求めはじめる。それは、目の前の相手としか得られぬ、挑むような熱だ。

「師…眞……っ」

「逆上《のぼ》せそうか?」

そう言うやいなや、不動は如月の身体を、バスタブから繋がる大理石の上に引き上げる。背中に感じるひんやりとした感触が心地好い。

膝を立てて、両脚の間に男を迎え入れようとすると、その膝を掴まれ、さらに大きく開かれた。

湯のなかで刺激し合っていた欲望は、すでに滾《たぎ》って天を突いている。それを熱い口腔に含まれて、如月は悩ましい声とともに背を仰け反らせた。

「は……ぁっ、あ……っ」

感じる場所を知りつくした愛撫が、敏感な場所にねっとりと絡む。湯音の向こうから聞こえる淫靡な水音が、脳髄を焼き、官能を煽った。

不動の髪に絡む指は、もっとと引き寄せたいのか、早く先へ進めと促したいのか、曖昧なまま黒く艶やかな髪を掻き混ぜる。強い刺激を与えたかと思えば、宥めるように舐めしゃぶる。意地悪い口淫は、如月の腕から力が抜け落ちるまで離れない。

「も……やめ……っ」

ギリギリではぐらかされつづけた喜悦は限界に達して、如月は情欲に烟《けむ》った瞳で男を睨んだ。開かれた膝で頭を挟み込めば、低く漏れる笑い。上体を起こした不動が、腰を引き寄せる。

「……っ、……んっ」

狭間にあてがわれる熱が、背筋を震わせる。

「あ…ぁ、く……っ」

ゆっくりと埋め込まれる熱塊を、拓《ひら》かれた肉体が包み込んで、いっそう深い場所へと誘《いざな》う。上から、熱っぽいため息が落ちてきた。

「……っ、く……」

陰る視界には、凄絶に艶めいた牡の相貌《かお》。

「すげー、エロい顔」

「誉め言葉だな。だが、おまえには負ける」

腕を伸ばして濡れ髪を梳き上げてやると、上体が倒されて、如月はヒクリ…と喉を戦慄かせる。

「言って…ろっ、……は、あっ」

喉元に落ちる唇の感触。

ゆっくりと律動を送り込む腰の動きが、徐々に激しさと厭《いや》らしさを増していく。

肌を嬲る大きな手が、尖《とが》った胸の飾りを弾いて、如月はビクリと背筋を震わせた。

痺れるような快感が腰骨に伝わって、内部を探る不動の欲望をきつく締めつける。それに返すように、感じる場所を抉られた。

「う…ぁ、……あぁっ！」

逞しい腰に両脚を絡めて、もっと深くと焚きつける。

肌と肌のぶつかる生々しい音が、湯音にも掻き消されず鼓膜に届く。

互いの熱を掻き抱いて、ともに頂へと駆け昇る。一方的ではない情熱を、より濃く激しいものへと昇華させるまぐわりだ。

「ひ……っ、あ…ぁっ、――……っ！」

一層深い場所を穿《うが》たれて、背が仰け反った。

濡れきった声が喉を震わせて、湯に濡れた背に指先を食い込ませる。

「く…うっ」

同時に落ちてくる低い呻きと、最奥で弾ける熱。

跳ねる腰を、力強い腕が押さえ込む。密着した肉体を滴る汗にも肌が震えた。

余韻にさざめく肌を、きつく抱きしめ合うことでなんとか宥める。

「ん……師眞……」

呼べば返される口づけ。

じゃれつくキスが、首筋や耳の裏や、やわらかな肌を食んで、余韻を引きのばす。

「痛……っ、離れ…ろ……、おいっ」

後ろ髪を引っ張って、身体を離せと訴える。無視する気満々の耳を引っ張って、「背中が痛い」と訴えた。

「すまん。——上がるか？」

腕を引かれ、上体を起こされて、男の首に腕を巻きつける。

「俺、まだロクにジャグジーに浸かってないんだけどな」

口づけの合間に文句を言い募れば、繋がったまま湯のなかに引きずり込まれた。

「バ…カ、やろ……、無茶……っ」

胡坐を掻いた不動の上にまたがって、腰を落とし、一度は解けかけた繋がりを深める。

「ダメ…だ、これじゃ……」

深い快感は得られないと髪を振り乱す。

だが、大きな手が、先の行為で擦れた背をやさしく撫でるのに気がついて、如月は口を噤んだ。

後ろ髪を掴んで顔を上げさせ、噛みつくように口づける。

愛しさを食らわんとするかに、激しく貪る。

やがて腰の奥に溜まる熱に耐えかねて、如月は口づけを解き、熱い息を吐き出した。

湯から上がり、不動の手を引く。大理石の壁に身体をあずけてしばし抱き合い、自ら背を向けた。

腰骨を掴む手が双丘《そうきゅう》を割る。その手が肌を伝い上がって、胸をまさぐった。腰を揺らせば、狭間を探る熱の塊。

「柊士……」

背後から、耳朶を食まれる。

甘ったるい声が、腰骨に響いた。

「早…く、し……、あぁっ！」

いきなり深い場所まで突き立てられて、背が撓《しな》る。大理石の壁を引っかく爪が滑って、如月は鍛えられた肉体を駆使して姿勢を保った。筋肉の躍動が、攻め立てる不動を煽り、追い立てる。

「……っ、食いちぎるなよ」

背後の不動が、苦しげに熱い息を吐き出す。

欲望をただ受けとめているだけではない。受け入れながらも貪っているのだと感じる瞬間だ。

「どこのエロ親父だ……、……んんっ！」

揶揄に返そうとした茶化した言葉は、ゆさぶる刺激に掻き消される。

胸に悪戯をしかけていた手が下がって、腰骨を掴む。ズンッと脳天まで突き抜ける衝撃が走った。

「――……っ！　ひ…ぁ、……あぁっ！」

荒々しい抽挿《ちゅうそう》が、堕ちるほどの快楽と求め合う歓喜を呼ぶ。奔放な声がバスルームに響いて、羞恥をも凌駕した興奮と喜悦をもたらした。

重なる呼吸。

穿ち揺さぶる動きも、激しい呼吸も、すべてがひとつになって、突き上げるマグマのような情動。瞼の奥で光が弾けて、情欲が押し出される。

「や…ぁ、――……っ！」

深い場所を熱い滾りに汚される快感。

内腿を伝い落ちる情欲の滴りと、熱をたたえた肌をまさぐる互いの掌の感触。

「師眞……」

掠れた声で呼べば、顎を掴まれ、苦しい体勢で後ろから唇を塞がれる。

喉が鳴る。

男が抜け落ちていく感覚が喪失感と同時に次なる欲望を呼んで、その際限のなさにおかしくなる。

向き合って抱き合い、そのまま湯のなかに崩れ落ちた。

啄《ついば》むキスと絡み合う視線。

「ダメだ……まだ足りない……」

「ベッドまで待てるか？　さすがに頭がフラフラする」

このままでは逆上せて、ぶっ倒れて、医者の世話になることになりかねない。バスルームは充分に堪能しただろう？　と言われて、如月は愉快な笑みを零した。

「次はベッドのスプリングの利き具合をたしかめなきゃな」

「そういうことだ」

軽く唇を触れ合わせて、湯から上がる。

雫を拭いもせず、広いスイートを横切って、天蓋つきのベッドに倒れ込んだ。白いドレープの生地に手を伸ばして、如月は唖然と目を瞠る。

「すごいな……」

「こんな機会でもなければ、おまえが絶対に取らせてくれなさそうな部屋だな」

笑い合って、ともにシーツに沈む。

絶妙なスプリングが、濃密な夜をさらに濃く激しく彩った。


この数日後、ある記事が、芸能週刊誌をはじめテレビのワイドショー番組をも賑わせはじめることとなる。

倉科は唖然と目を見開き、吉瀬川は豪快な笑いを響かせる。

世間は黄色い悲鳴に満たされた。

苦虫を噛み潰したのは、何も知らされていなかった不動騏一ただひとり。

そして如月はといえば——。

10

待ち時間の暇潰しにと楽屋のテレビをつけた如月《きさらぎ》は、いきなり目に飛び込んできたネタに驚いて、口をつけていたコーヒーを思いっきり吹いた。

「な……っ!? ……はぁっ!?」

見慣れた顔がテレビ画面に大写しになっていれば、驚かないわけがない。

しかも画面の隅には、『元カリスマホストの代議士秘書に密着！』などと出ているではないか！

「……なんで？」

唖然呆然とテレビを見つめるよりない。

『不動師眞《ふどうかずま》さんは、あの不動議員のご子息で、今は秘書をしていらっしゃいます。なんと！　前職はナンバーワンホスト！　しかも国家公務員Ｉ種試験に合格もされているんです！』

女性レポーターのけたたたましい声。

いや、けたたましいというか、なんというか、はっきり言えば完全に仕事を忘れているとしか思えない黄色い悲鳴だ。

いったいどこの映画のプロモーションビデオかと思ってしまう出来のＶＴＲと、それを紹介するスタジオでの司会者とコメンテーターとのやりとり。

『最高学府を出てキャリア試験に受かっていながら、ホストに？』

『そうなんです。しかもずーっとナンバーワンで、カリスマと呼ばれてたそうなんですね。その彼が代議士秘書に転身されて、これはもう出馬のための準備ではないかと言われているんです』

『お父上の不動議員も大変な人気で、引退されるようなお歳ではないですしねぇ……もしかして親子対決なんてこともあるんでしょうか？』

『そのあたりの質問もご本人にぶつけてみましたので、ＶＴＲのつづきをどうぞ！』

わかりやすすぎる脚本だな…と、呆れ半分ワイドショーの動向を見ながら、多少温くなったコーヒーに再び口をつけ、今度はゆっくりと飲んだ。

切り替わった画面では、先に取材し編集されたＶＴＲが流される。そのなかで不動は、如月の目にはうすら寒く映るほどのアルカイックスマイルを浮かべ、にこやかに取材に応じていた。

それればかりではなく、真剣に仕事に打ち込む姿も取材されていて、代議士秘書として働く不動の姿をはじめて目にした如月は、思わず画面に見入ってしまう。

恋人を誉めちぎるのもどうかと思うが、不動がこの場にいないのもあって、素直に「いい男だよな~」などと呟いてしまい、誰に見られるわけもないのに、そんな自分に赤面した。

コーヒーカップにかじりつくようにして、テレビに見入っていた如月は、楽屋のドアが開閉されたことにも気づかず、傍らに立ったマネージャーが「おやおや」という顔で、可愛い担当俳優とテレビ画面とを交互に見やってほくそ笑んでいることにも気づかない。

『社会勉強のために夜の街に身を投じ、頂点を極めた彼が次に狙うのは政治の世界。不動家は代々政治家を輩出している家柄で――』

誰が書いた脚本なのか、事実を捻じ曲げてはいないが、実に美しく脚色されている。

『代議士秘書は多忙な仕事です。寝る時間もありません。今日はこれで終わりかと思いきや――』

『今日はこのあと、結婚式に代理出席するために地方へ向かいます。――新幹線の時間がありますので』

失礼、と去っていく背中を、カメラは映しつづける。

『当番組では、今後も不動師眞さんの動向を追っていきたいと思っています。若手代議士の誕生を見守れたら素敵ですね！』

アイドルの密着番組か！　と突っ込みたくなるコメントを残して、不動を特集したコーナーは終了した。

利用できるものはいくらでも強かに利用するタイプの不動はともかく、不動騏一は承知しているのだろうかと、首を傾げたくなる扱い方だ。

そんな疑問は、傍らから降ってきた淡々とした声によって解消されることとなる。

「やっぱり絵になるねぇ、彼は」

「……うん。――……え!?　マネージャー!?」

ついウッカリ頷いたあとで、部屋に自分以外の誰かがいるとは思っていなかった如月は、驚いて上体を仰け反らせる。

驚く如月をニコリと笑みひとつで制して、マネージャーはペラリと一枚のOA用紙を差し出してきた。以前に、姉と腕を組んで歩いている姿を映されたときと、同じようなものだ。

「これ。もう少しで世に出ちゃうところだったよ」

「……え？」

今回は結構危なかったんだからね、と見せられたのは、如月と不動のラヴシーンを写した、例の写真がデカデカと載せられた週刊誌の記事のゲラだった。

「……!?　嘘……!?」

驚いて、それを鷲掴《わしづか》んだ如月は、記事の詳細に目を走らせる。

そこには、あの夜の状況が、すぐ近くで見ていたのかと問いたくなる細かさで記述されていた。ふたりが喧嘩していた事実が、いちゃつきあっていた、とまったく逆に書かれていることだけが違っている。

「不動くんのこのネタと引き換えにお蔵入《くらい》りにさせたみたいだけど、でなかったらどうなってたか」

こっちはよくても向こうはまずいだろうしね、とマネージャーは淡々と説明してくれるが、その内容は驚嘆ものだ。

「引き換えって……」

あの夜、雇っていたパパラッチが掌を返したからと慌てなくてはならなかったのは、倉《くら》科《しな》だけではなかったということか？

よくよく考えれば当然だ。倉科は、その掌を返したという雇っていた男から、不動と如月のネタを買っていたのだから。そのパパラッチの手元には、全部のネタがそろっていたことになる。

だが不動は何も言わなかった。

あの時点で気づかなかった如月も悪いが、何より状況確認を怠ったまま、情熱に流されてしまったことのほうが問題だったかもしれない。

まさかあの時点から、不動はこんな――マスコミを最大限利用したとしか思えないワイドショーの特集の件だ――計算を働かせていたのだろうか？　それとも、あのあとで気づいて画策したのか？

――『おまえのためなら、吉瀬川《きせがわ》の御大に使われてもいい。逆に利用し返すだけのことだ』

あの言葉は……。

――あいつ……っ。

あの翌朝、如月が広いベッドで目覚めたときには、すでに不動の姿はなかった。

ベッド脇に置かれたメモパッドに、先に出る旨と、支払いは済ましていくからゆっくりしていくといいと気遣う言葉とが綴られていた。

そして最後に、目覚めるまで傍にいられなくて残念だと、甘ったるい言葉が添えられていて、文字だけだというのに気恥ずかしさに駆られた如月は、反射的にメモを握り潰していた。そのあとで綺麗に伸ばして、持って帰ったけれど。

騒ぎになる前に、処理をしに出ていったのかもしれない。吉瀬川あたりなら事情を知っているだろうけれど、自分から連絡を取る気はないし、確認しようとも思わない。

「――ったく、話せよ」

全部聞かされなければ安心できないという意味ではない。びっくりするから心構えくらいさせろと言いたいだけだ。

「相談なんだが……私はどこまで喋っていいのかな？」

「……っ!? 羽柴《はしば》さん!?」

声のするほうを振り返れば、マネージャーの淹れたコーヒーに悠然と口をつけながら、羽柴が足を組んでいた。

「い、いつの間に……っ」

「つれないねぇ……さっきからずっといたよ。テレビのなかの不動くんに見入る如月くんの可愛らしい顔を鑑賞させてもらってたんだからね」

どうやら、マネージャーと一緒に楽屋に来ていたらしい。全然気づいていなかった如月は、バクバク鳴る心臓を押さえて、懸命に呼吸を整える。

「……っ！　いや、あれ…は……」

いい男だよな…などと思いながらテレビ画面に映る不動の姿に見入っていたのを指摘されて、思わず口ごもってしまう。

だが、羽柴に先の質問を繰り返されて、いいわけする間もなくなった。

「——で？　私はどうしたらいいのかな？」

「……は？」

いったいなんのことかと問い返せば、羽柴はマネージャーの顔をうかがって、それから言葉を継ぐ。

「だって、ミュージカルのときに、君を迎えに来てる彼の姿は多くのスタッフが見ているんだよ？　打ち上げのパーティのときには、あの姿だったし……」

「あ——……」

そういえばそうだった。

不動は、如月が主演したミュージカルを、ほぼ毎日のように観に来ていたし、再演時には不動騏一《きいち》から会場に花まで贈られている。

楽屋口に不動は何度も如月を迎えに来ていたし、何より、ミュージカルが賞を受賞したあと開かれた打ち上げでは、あの姿——代議士秘書としての伊達眼鏡をかけた恰好で姿を現しているのだ。しかも、如月に酔ったふりをさせて、ふたりで会場を抜け出している。

「ワイドショーでは君とのかかわりに言及してなかったけど、同じ高校の出身だって、僕も打ち上げ会場で言っちゃってるからねぇ……もっと適当に誤魔化しておくべきだったかな」

マネージャーが腕組みをして、思案のそぶりを見せた。

「だからね、私が君と仲良しなのも知られているし、きっとこの先いろいろと訊かれると思うんだよ」

羽柴の言葉ももっともだ。遊ばれているのか、本当に心配してくれているのか、なんとも微妙だが、気遣いには礼を言うしかない。

「……確認しときます」

口裏合わせをしなければならない。

この先の脚本がどうなっているのか……脚本家は不動自身だ。

「まぁ、そのあたりの話は、食事でもしながらゆっくりしようじゃないか」

羽柴が、ここぞとばかり誘いをかけてくる。いつもなら喜んで頷く誘いだが、今日は事情が違った。

「すみません。今日はまっすぐ帰ります」

一刻でも早く不動を捕まえて、詳細を確認しなければ。いつ週刊誌やテレビのワイドショーで不動の名前と並んで自分の名前を見ることになるとも限らない。

メールを打ちながら誘いを断れば、羽柴は「つれないねぇ……」といつものセリフ。

「私は次点に甘んじる気はありませんと、何度申し上げたらおわかりいただけるのでしょう?」

誘いをかけるどころか、顔を向けただけなのに、マネージャーからそんな辛辣《しんらつ》な返答をもらって、羽柴は「俳優とマネージャーは似てくるのかな」などと、聞き捨てならないことを言ってくれる。

思わずメールを打つ指が止まったけれど、身の安全のために聞こえなかったことにした。

マネージャーの矛先は、羽柴に全部受けとめてもらったほうが安全だ。

「この先、藤咲《ふじさき》くんの件とは比較にならないほどの騒ぎが待っていそうだけどねぇ」

まるで他人事のような羽柴の言葉に、

「洒落にならないことを言わないでください」

マネージャーが眉をピクリと反応させる。

ふたりのやりとりを聞きながら、「なんとかなるさ」と如月はひとりごちる。簡単になんとかなるわけではないことはわかっているけれど、そうでも思わなければやっていられない境地に、すでに達しようとしていた。

議員会館の個室は、先述の通りさほど広いわけではない。不動騏一のネームプレートのかかった部屋は、代議士のための奥の部屋から流れる不穏な空気に満たされて、秘書たちはひと言の無駄口すら許されない空気に胃を痛くしていた。

そんななかで、議員にあれこれと用件を言いつけられるのは、さすがは血の繋がった親子だけあってまったく怯むことのない息子の秘書だけだ。

というか、当の本人が議員の不機嫌の要因だから、飄々としているのも当然というかなんというか、とにかくなんでもいいからこのいたたまれない空気を消してくれ！　というのが、同僚秘書たちの統一見解だった。

「……勝手をしおって。私が吉瀬川御大にお願いして組んでいた予定がめちゃくちゃだ」

「そうですか。そんな話はお聞きしていませんでしたので、申し訳ありません」

父子の舌戦《ぜっせん》は、すでに十五分以上つづいていた。

数字だけみればさほど長い時間ではないと感じるかもしれないが、延々と言い合っての十五分は恐ろしく長い時間だ。よくもまあネタがつづくものだと、漏れ聞こえる声にビクつく秘書たちは感心も通り越して呆れている。平然としているのは、もうずいぶんと長く父子の関係を見てきている田部井《たべい》だけだ。

「だがこれで、逃げ場はなくなったな。次の選挙では絶対に出馬させるからな」

倉科とレベルが変わらないのではないか、などと実績を積んだ議員でもある父親に対して失礼極まりないことを胸中で考えつつ、不動はサラリと受け流す。

「たとえそれがかなったとしても、私はあなたのあとを継ぐと約束した覚えはありませんので」

「……なに!?」

「世襲制問題が取りざたされる昨今、倉科議員が最後の世襲議員になる可能性も高いということです」

「あの議論は先送りされている。滑り込めばいい！」

「引退するおつもりはないのでしょう？」

「やり方などいくらでもある！」

「はいはい。――ここにサインを忘れないでください」

戻された書類に不備を見つけて指摘すれば、

「話を逸らすな！」

ダンッ！　とデスクを殴りつけられる。

「私は秘書としての仕事をしているだけです。――代議士《せんせい》」

「……っ、口ばっかり達者になりおって」

「ええ。まったく嬉しくありませんが、どなたかにそっくりなもので」

うぐぐ……っ、と喉を鳴らして口を噤む父と、平然とそれを見下ろす息子。結局、我が子が可愛い親の負けらしいと、薄い壁を隔てた向こうで、田部井は嘆息する。

「もう何人か、早急に使える秘書を育てなければなりませんね」

彼が引退できる日は、まだまだ遠いようだった。


勝手知ったる恋人の家に上がり込んで、如月は不動の書斎から持ち出した、自分でもなんとか解読できそうな専門書をペラペラとめくっていた。

ちなみに、マンションに上がるときには、周囲に細心の注意を払って、せっかく消した火種を焚きつけないように気をつけた。

実を言えば、不動のマンションに来る前にいったん自宅に戻ろうとしたのだが、あちこちにパパラッチの目があることに気づいて、引き返してきた経緯がある。こちらはたぶん、不動の一件ではなく、先に撮られた姉とのツーショット写真のせいで、如月が再び派手に遊びはじめたらしいと噂が出回ったためと思われた。

そのうち、不動と同窓であることが知られて、さらに今現在交流があると知れ渡れば、さらに騒がしくなることは間違いない。

この先、常にこんな緊張を強いられるのかと思えばいささかウンザリだが、有名税と割り切るよりないだろう。

とはいえ、以前遊んでいたときに、何度かマンションから苦情をもらっていて、次に問題が起きたら出ていってくれとも言われているから、できれば騒ぎは起こしたくないところだ。引っ越しはなかなか面倒くさい。

不動は、深夜近くになって帰宅した。

「来てたのか」

理由はいわずもがなでわかっているからだろう、なぜ？　とは訊かない。かわりに、ダイニングテーブルに置かれたものに目を止めて、怪訝な顔をした。

そこにあるのは、真っ赤な薔薇《ばら》の花束だ。自分が贈るならわかるが、如月が持ち込むはずがないと、訝っているのがわかる。そんな不動に如月が指し示したのは、花に添えられたカードだった。

「楽屋に届いたんだ。俺宛になってるけど、どっちかってぇと、おまえ宛だよな」

「あいつなりの詫びだろう」

如月が持ち込んだ花束は、撮影がはじまったばかりのドラマの楽屋宛、倉科から届いたものだ。カードには、「撮影の順調な進行を願って」と書かれている。

「こっちはコレだ」

そう言って不動が花束の横に置いたのは、細長い手提げ袋。たぶんワインだろう。

「帰り際、相良《さがら》秘書に会ったんだ」

「それも詫び？　詫びよりも、その後の経緯のほうが聞きたいけどな」

「うまくいっていれば、あのバカが喜び勇んで報告に来るだろうさ」

「あの秘書さん、お堅そうだったもんな」

ソファを立って、袋のなかみをたしかめる。思った通りワインだった。赤だから、すぐに呑んでも問題なさそうだ。

「呑むか？」

受け取ったということは、謝罪を受け入れたのだろう？　と問えば、不動は肩を竦めただけで、つまみを用意するためにキッチンに消えた。

グラスをふたつ、ダイニングテーブルではなく、ソファに用意する。

戻ってきた不動の手には、サラミとチーズの並べられた白い皿。隣に並んで腰を下ろした不動は、流れるような手つきでワインの栓を抜き、グラスに注ぐ。

先にグラスを取り上げた如月は、同じようにグラスに手を伸ばす不動を止めて、乾杯もせず赤い液体を呷った。

男の胸倉を掴み寄せて、唇を合わせる。ワインを口移しで注いで、口腔内を舌で舐めとった。

「ずいぶんと気前がいいな」

「危ない橋を渡ったんだろう？　その褒美だ」

無茶しやがって！　と甘く詰《なじ》れば、不動の口許が満足げにゆるむ。

「マネージャー情報か。あの人が傍にいる限り、おまえに隠し事はできないな」

そうは言いながら、そもそも隠しておく気などなかった言い草だ。あえて言及するつもりもなかったのかもしれないが、如月なら気づくはずだと考えていたのだろう。

「吉瀬川のジイサンと取り引きしたのか？」

「次の選挙というのはまだ難しいだろうが、あの人の判断で出馬することに了承した」

「それと引き換えに、あの写真を潰させたんだろう？」

本当によかったのか？　と問えば、不動は「向こうにもついでがあっただけだ」と笑った。

「パパラッチから俺たちと倉科のネタを買ったやつが、別口で吉瀬川御大の逆鱗《げきりん》に触れたらしい。ついでに潰してくれると、大層お怒りだった」

飄々と恐ろしいことを言う。つまりは、不動が吉瀬川の不興を買えば、同じ状況にならないとも限らないのではないか。

「俺がそんな轍《てつ》を踏むとでも？」

余裕綽々《しゃくしゃく》とした態度には、頼もしさを感じる以上に呆れるよりない。

「――ったく、利用してるつもりで使われてなきゃいいけどな」

あの年寄りは、一筋縄でいく人物ではない。

「それなら、それでもいいさ。望む結果が得られれば、俺はそれでいい」

虚勢でもなんでもない。穏やかで、でも揺るぎない口調だった。

不動の覚悟を見取った如月は、ひとつ深い息をついて、「ま、いいさ」と口許に笑みを刻む。

「いざとなったら、俺が道連れになってやるし」

っている。

そんな日はこないと、言いきる自信はある。それでも、楽観していられないこともわか

「俺の応援演説デビューが近づいた、ってわけだ」

軽い口調で言えば、不動は如月が放り出したままにしていた本をローテーブルから取り上げて、口許に微苦笑を浮かべる。

「勉強してもらわないとな」

「歌わなきゃいいんだろ?」

以前にも面倒そうなことを言われているから、何も知らないわけじゃないと、かの料亭で吉瀬川から聞かされた話を自慢げに持ち出せば、

「……中途半端な知識を入れるな。余計面倒だ」

不服そうに憮然とされる。

しかたなく、如月は今一度ワインを口移しして、些細なことでへの字に曲がりがちな男の唇をゆるめた。

「マンツーマンでおまえが指導してくれよ」

先生って、呼んでやろうか? と、ある種のプレイを思わせる言葉を艶めいた声でサービスしてやると、すっかりその気になった男は、ポロリと先走った言葉を零した。

「手はじめに、引っ越してこないか」

パパラッチも煩くなってきたことだし、会う時間はますます捻出が難しくなるし、いっそ同棲してしまわないかと提案されて、如月は胡乱《うろん》に目を細める。

「却下！」

せっかく消した火種を焚きつけるようなことを自らしてどうする！　と切り捨てれば、せっかくゆるんだ唇が、まだもへの字に曲がってしまった。

「……面倒くせぇな」

いつもなら胸中でこだまさせるだけのセリフを、ついウッカリ声に出してしまう。

不動の眉が、ピクリと反応した。

「あ……」

しまった、と思ったときには、のしかかられたあと。シュルリと引き抜かれたネクタイが、如月の両手首を拘束する。

「ちょ……待……っ」

そういう趣味があったのか⁉　と叫んだ瞬間には思い出していた。以前に、「縛りたいのか？」と挑発したことがあったのを。ニンマリと、端整な口許に刻まれる笑みがとっても嫌だ。

「てめ……っ」

文句の言葉は、深く咬み合わされた口づけによって喉の奥へと消えた。

拗ねた恋人は獣と化して、如月は胸中でめいっぱい毒づく。

何が不服かって、拘束プレイで嬲られること以上に、背を抱き返せないもどかしさなのだから、もはやつける薬もない。


しばらくのち、根負けした如月が、パパラッチが煩いことをいいわけに、不動のマンションの隣の空き部屋に引っ越すことになる。

万が一の場合を考えた、これが最良策だと、マネージャーに提案されたためだ。

口の硬い業者を使って、密かに隣接した二部屋を繋ぐドアをつけた。「隠れ同棲なんて、背徳的でドキドキするねぇ」とは、羽柴の評だ。

after that

こうなることは、ある程度予想できていた。

女という生き物は、いくつになっても姦《かしま》しい。いや、年齢が上がれば上がるほど、恥じらいがなくなるぶん性質が悪くなる。

久しぶりの休日だった。

久しぶりに、不動《ふどう》とふたり、ゆっくりできる休日だったのだ。

だから、昨夜から如月《きさらぎ》の部屋に泊まり込んでいた不動は、あたりまえの顔で如月の部屋のリビングにいた。

かろうじて着替えを済ませていたのは、焼き立てのパンが食べたいと如月が我が儘を言って、すぐ近くにあるクロワッサンが評判の店まで、不動がブランチ用のパンを買いに行ってくれたからだ。

そんな、休日の昼下がり。

引っ越したばかりで、いまだに新鮮な空気を醸す如月の部屋に、姦しい一団が押しかけてきた。

玄関で制する間もなかった。

緊急事態には必要になるだろうからと、鍵を渡してあったのが運のつきだ。

「新しいお部屋見にきたの！」

開口一番、明るく言い放ってくれたのは、セレブ向けエステサロンを経営する姉だった。

ちなみに彼女は次女だ。

「ねぇねぇ、最近話題の不動師眞《かずま》と友だちだって、ホントだったの!?」

玄関先で実に心臓に悪いひと言を投げてよこしたのは、ヘアメイクアーティストとして活動する三女。

「あ！　不動師眞！　まぁ、本物だわ！」

リビングで唖然呆然と新聞を広げていた不動を見つけて叫んだのは、この姦しい集団の頭目《とうもく》とも言うべき母だった。

そうなのだ。如月家は、母と姉三人という女所帯。

不動の存在を知った彼女たちがどんな反応をするか――今がまさしく懸念していたその状態だ――想像に容易かった如月は、だから不動が「家族に挨拶がしたい」と言いだしたときに、絶対にダメだと拒絶していたのだ。

「こんにちは。煩くしてごめんなさいね」

不動にそんな言葉をかけたのは、新聞社に勤務する長女だった。

「いえ、お会いできて光栄です」

不動のその返答を聞いて、如月は「？」と首を傾げる。面識があるように思えたのだ。

そして、実にいまさらなことに気づく。

姉と腕を組んで写ったあの写真。ふたりのラヴシーンを写したものを目にしているのだから、当然こちらも見ているはず。なのに不動からは何もなかった。不動の性格からして、ふたりのラヴシーンよりも、女と一緒に写った写真のほうにこそ妬きそうなものなのに。

「……姉貴、総理担当じゃなかったっけ？」

恐る恐るといった如月の問いかけに、

「総理担当でも、議員会館に出向かないわけじゃないわ」

姉はアッサリと言い、

「代議士秘書も、公邸や議事堂に行かないわけではない」

不動も当然と言葉を返してくる。

このとき不動は、「一番上とはそういうことか……」と、実はかなりゲンナリさせられていたのだが、そんな感情を悟らせるような無様《ぶざま》は曝さない。なんといっても恋人の家族の前なのだ。不動のそんな気合いは、如月的に余り喜ばしくない方向に発揮された。

「同じ高校だったんですって？」

「聞いてないわよ、そんな話！」

「この子が刺されたときに助けてくれたのも師眞くんだったそうよ」

「まぁ！　そうだったの!?　その節はもう本当にお世話になって……」

「病室を埋め尽くしてた花、あれ全部師眞くんが持ってきてくれたものだったんでしょう？」

この時点で不動にも、如月がなぜこれまで家族のことを口にしなかったのか、想像がついていた。

その如月はといえば、早々に相手をするのを諦めて、ダイニングに避難し、飲みかけのまま放置していたコーヒーに口をつける。

「ナンバーワンホストだったのよね。現役のころにお店に行きたかったわ～！」

母の放ったそのひと言が問題だった。

「ホントよ！　跪いてシャンパンを注いでくれるんでしょう？　わ～、素敵！」

視界の端に、母と姉に囲まれる不動を映していた如月は、つづく不動の行動を見てコーヒーを噴き出した。

母の手を取った不動は、母をソファに座らせて、その傍らに片膝をついたのだ。

「はじめまして、マダム」

店で聞いた記憶のある甘い声で囁いて、手の甲に口づけてみせる。姉たちの誰かではなく、ほかでもない母をロックオンしているあたりがえげつない。

「まぁあぁぁ〜〜〜〜！」

いい歳をして、母は頬を染め、感極まった声を上げる。

「次！　私ね、私！」

母の両脇に、次女と三女が座った。

その傍らで立って腕組みをしたまま、長女が「ほっといていいの？」と問う眼差しを如月に向ける。

「いいかげんホスト卒業しやがれ！」

憤慨した如月が叫んでも、「政治家になるんでしょう？」「政治献金するわ！　どうやったらいいの？」などと、母も姉も如月の声など右から左に完全スルーだ。不動も、如月の家族のご機嫌とりに余念がない。

「……の、やろ……っ」

拳を震わせる如月を宥めようと思ったのか、長女が「そうだわ」とバッグから一枚のカードを取り出す。少々煤《すす》けたポストカードだった。宛名にＡＩＲ ＭＡＩＬと赤い判が押されている。

ふいに怒りを削がれた如月は、ふっと眼差しを柔らかくして、それに見入った。

「すぐに帰らせるから。ちょっとだけ我慢して」

長女が、騒ぐ母と妹たちをチラリと見て、耳打ちしてくる。

「せめて電話一本入れてくれるとありがたいんだけど」

「言っておくわ。——私にもコーヒーもらえる？」

騒ぎの収まらないリビングを横目に、ダイニングテーブルで長女と向き合って、代議士秘書としての不動の評判をさりげなく仕入れてみようと試みる。

ニコリと口許に笑みを刻んだ姉は、「あんたと並んだら、彼、一層絵になるわね」と、いささか含みのある言葉を返した。

女系家族という名の台風が去ったあと、不動はダイニングテーブルに置かれたものに見

入って立ちつくす。

「なぁ、夕飯のメニューだけど……。——どうした？」

「これは？」

「ああ。親父からのエアメール。たまに送ってくるんだ、こういう写真入りの」

聞かれた如月はなんでもないことのように返答を寄こすが、不動にとってはそんな簡単な問題ではない。

「……親父さんは？」

いまさらながらに確認をとってしまうのは、自分が理解していた状況と現実との間に、かなりの隔たりがあることが、一枚の絵ハガキから伝わってくるからだ。

「えーっと、なんだっけな、アフリカの自然保護区で、こーゆーことしてるんだ」

そう如月が指し示した絵ハガキのなかでは、サファリルックの日本人男性が、チーターの子ども三頭に腕や足を齧《かじ》られて、満面の笑みを浮かべている。

じゃれつかれているのか、食われかかっているのか、はたしてどっちだろう……。という疑問以前に、完全に誤解していた不動は返す言葉も失くして、眉間に深い皺を刻んだ。

つまりは、動物保護区で野生動物の保護活動に従事している、と？

「ずっといないと言ってなかったか？」

「ああ。ずっと海外だから、ほとんど一緒に暮らしたことがないんだ」

あっけらかんと返された不動の胸中にこだまするのは、「聞いてないぞ！」という空しい叫びだ。以前に尋ねたときの、意味深に聞こえる口調はいったいなんだったのか？　本当に自分が誤解していただけなのか!?

父親がいないからこそ、自分と父の関係をあれほど気にしているのだろうと、不動はそう考えていたのだからしかたない。

「そうか……」

それ以外に、返す言葉はなかった。

如月は、まったく理解していない顔で首を傾げる。その上で、不動の態度をまったく別方向に誤解してくれた。

「今日は悪かったな。煩くして」

母と姉の乱入に、いまだに困惑していると思ったらしい、肩に腕を滑らせ、額を合わせてくる。

「おまえ、兄弟いないから、ああいうの結構疲れるだろ？」

「おまえの大切な家族だ。俺にとっても大切な人たちだ」

真摯に応えたつもりだったのに、如月は不服げに口を尖らせる。

「余計な愛想は振りまかなくていいぞ」

返されたのは、甘い詰り。

「ヤキモチか？」

家族に妬くこともないだろうにと返せば、さらに深まる眉間の皺。

「テレビを見た女性ファンが、議員会館の前で待ち伏せしてるらしいじゃないか」

情報源は長女しかいない。

尖った声が、鼓膜に心地好い。歓喜がジワリ…と胸を満たして、不動は如月の腰を引き寄せる。

「ようやく俺の気持ちがわかったようだな」

顔の見えない日本全国のファンに妬きたくなる気持ちがわかったか、と揶揄すれば、

「わかりたくなかったよっ」

咬みつくキスとともに、不服げな言葉が返された。

それでももう、踏み出した足は止められない。
欲望の赴くままに、行けるところまで行くまでだ。

犬も食わない半同棲生活

恋人関係にあって、半同棲状態にあったとしても、それはやはり同棲とは違う。

生活をともにすれば、それまで見えなかった部分が見えはじめる。気づかなかったことが目につくし、驚きもすれば呆れもする。

隣り合わせの部屋で半同棲生活をはじめてしばらく、如月《きさらぎ》と不動《ふどう》は、実際のところ同棲と半同棲の、さらに中間地点くらいの生活になっていた。限りなく同棲に近い半同棲、という微妙な状況だ。

ともに生活時間帯が違うから、基本的にはそれぞれの部屋で過ごしているのだが、とくに如月のほうが気まぐれに、不動の生活空間を出たり入ったりしている。

というのも、チーフマネージャーである弓削《ゆげ》以下、如月の部屋には事務所スタッフが出入りする可能性もあるからだ。何より、母や姉たちが予告なく押しかけてこないとも限らない。

ゆえに、ゆっくりとふたりの時間を過ごそうとすれば、どうしても不動の部屋で、ということになる。

この夜も、不動が帰宅したときには、如月は不動の部屋のリビングで勝手気ままにテレビを見ていた。

「おかえり」

「ただいま。――今日は早かったのか？」

「ああ、番宣用のコメント撮りだけだったから」

そういう如月の膝には、来週にはクランクインするという、主演ドラマの脚本が開かれている。

脚本《ホン》読みをしているのならテレビは消せばいいのに、と不動は思うのだが、習慣というのは人それぞれだ。音があるほうが集中できるという人もいる。

ひとまず部屋着に着替えて、キッチンに立つ。

カウンターの上に、レジ袋に入ったままの総菜《そうざい》が数種類。冷蔵庫のなかには、缶入りのカクテル飲料が追加で冷やされている。

それらを適当に皿に盛り、グラスと氷とともにカトラリー一式を大きなトレーにそろえてリビングに運ぶ。

如月は、脚本に集中していた。

ソファの隣に腰を下ろした不動に顔を向けもしない。

それなら、テレビ画面にどんな番組が流れていたところでかまわないのだろうと、リモコンを手に取った。

この時間帯、在宅していれば、不動はいつもビジネスニュースを見ているのだ。だが今テレビに流れているのは、バラエティ系の情報番組。

記憶しているチャンネルの数字ボタンを押す。

画面が切り替わった途端に、如月が顔を上げた。

「かえるなよ」

見てるんだから、とリモコンを取り上げられて、不動は眉間に皺を刻む。

「脚本読んでるんじゃないのか」

「読みながら見てるんだ」

いったいどこの小学生のいいわけかと思わされることを言いながら、如月はチャンネルを戻してしまう。

「嘘をつくな。脚本に集中してただろうが」

「耳にはちゃんと入ってくるんだよ」

だったらテレビの意味などないだろうと、不動は強引にリモコンを取り返し、チャンネルをかえた。

「おいっ」

不服げな声を無視して、缶のプルタブを上げ、アルコールをグラスに注ぐ。それを口に運ぶ寸前で、横から伸びてきた手にグラスを取り上げられた。

「……っ、なんだ」

「俺が買ってきたやつ」

憮然と言って、またもリモコンを奪い、如月はチャンネルをかえる。

他愛ないやりとりが、くだらない意地の張り合いになって、果てにはバカバカしい痴話喧嘩になる。

その経緯を学習していないわけではないのに、軌道修正できないのは、ふたりがまだ充分に若い証拠なのかもしれない。

あるいは、互いに高校時代からずっと変わらぬ感情を抱きつづけているがゆえに、恋愛に関しては精神年齢が退行しているのかもしれない。

如月に奪われたグラスは無視して、もうひとつ用意してあるグラスに、缶の残りの半分を注いで口に運ぶ。手にしたフォークを、つまみに用意した総菜に向けると、今度はトレーごと如月側に引かれた。皿が、目の前から消える。

「……柊士《しゅうじ》」

結局テレビには如月が見たいという番組が流れているのだからいいではないか。

だが、如月からは反応がない。不動の眉間の渓谷《けいこく》が、ピリリと険しさを増した。

強引に奪い返したリモコンを操作して、チャンネルをかえる。

だが、キャスターがどんなニュースを読んでいるのか、判断がつくより早く、またもチャンネルがかえられた。不動の手のなかのリモコンを、如月が上から押したのだ。

「……」

「……」

リモコンを介して手を掴み合った恰好で、ふたりは無言で睨み合う。

冷静に考えれば、それぞれの部屋にテレビはあるわけで、もっと言ってしまえば、いまどきパソコンにだってテレビチューナーはついている。小さな画面でもかまわなければ、携帯電話でもテレビの見られるご時世だ。

つまり、ソファに隣り合って、ひとつのテレビを前にチャンネル争奪戦を繰り広げる必要などどこにもない、ということ。

とくに如月に関しては、だったら自分の部屋に帰ればいいではないか、と冷静な突っ込みを入れることもできるわけで、傍目にはくだらないことこの上ない。

この場に弓削マネージャーがいてくれたら、にこやかに、冷ややかに、冷静な指摘をくれたことだろう。部屋の主である不動自身がそれを指摘しない……いや、思い至ってもいないのだから、もはやつける薬もない。

だが幸いというか、なんというか、ここはふたりだけの空間で、ゆえにくだらないことでイチャつくいい歳の大人を諫める存在もなく、幼児並みのチャンネル争いは熾烈を極めることとなった。

「ニュースなんて、新聞読んでりゃいいだろうが！」

「バラエティなど、見ても見なくても、どうでもいいだろう！」

睨み合ううちに徐々に論点がずれはじめるのも、痴話喧嘩のあるべき姿だ。

「だいたいおまえは、朝飯の目玉焼きにマヨネーズつけるし！」

そういう如月は醤油派だ。

「何をつけてもいいだろう!?　頭の硬いやつだな！」

返す不動は、その日の気分や主食の種類によって、塩胡椒《こしょう》だったりドレッシングだったりを選ぶ。これでなくてはダメだなどと、固執した考えは持っていない。

「俺が見たくもない番組は無理やり見せるくせに」

腕を組んで、不動がムッツリと呟く。

またも論点がズレはじめたのは、実は腹の底にためていた不満がムクムクと頭をもたげはじめたからだ。ついでとばかりに、これまで言わずにすませていた不満が噴出するのもまた、痴話喧嘩の痴話喧嘩たるところだろう。

「見たくもない番組？　――ああ」

不動が何を訴えたいのか、思いついた顔の如月は、ふふんっと挑発顔。

「俺の主演ドラマだぞ！　一話から全部、きっちり見るのが恋人の務めってもんだろうが！」

「女優との濡れ場を見せつけたかっただけだろうが！」

少し前のことだ。如月の主演ドラマの放映時間にたまたまそろって部屋にいて、その日の話の展開を知らなかった不動は、如月と女優との濃厚な濡れ場を、大きな画面で見せつけられることになった。

仕事だとわかっているから、いつもは頭を切り替えてちゃんと見るのだが、如月が意図的に意地の悪いことをしようとしているとわかって、普段は感じない不愉快さに駆られてしまったのだ。

そのときは、憮然と腕組みをしつつも一時間の番組を見たけれど、本当は見たくなどなかった。だというのに如月は、そんな不動の感情を逆撫でする言葉を返してくる。

「見せたかったんだからいいだろーが！」

こちらはこちらで、不服げに口を尖らせてみせる。

「見せたかった？」

どういう意味だ？　と思わず問い返していた。

まったく底意地が悪いにもほどがある、と指摘したつもりだったのが、ふいっと視線を逸らした如月の口から零れたのは、思いもかけない呟き。

「なんだよ。ヤキモチひとつ焼くのにもひねくれやがって」

壮絶な痴話喧嘩が、あっけなく終息するのもまた理《ことわり》。だからこそ、痴話喧嘩は犬も食わない、実に不味《まず》いものだと言われるのだ。第三者の目に、これ以上くだらないものはない。

まともに受け取れば、果てしなく馬鹿をみる。

「これ以上、ヤキモチを焼かせてどうするつもりだ」

長嘆とともに返して、不動は手のなかのリモコンをソファに落とし、如月の手を直接握る。その手を引き寄せれば、もう片方の腕が首にまわされた。間近に迫る、艶を濃くしはじめた色素の薄い瞳。

「どうしてほしい？」

紡がれるのは、揶揄を滲ませた甘い声。

「慰めてもらおうか」

「どうやって？」

交わす言葉が徐々に近づいて、唇に吐息が触れる。

「こうやって、だ」

絡め合った指はそのままに、ソファに押し倒せば、零れる笑い。わかっていて、まんまとのせられた不動の唇にも、満足げな笑みが浮かぶ。

「脚本は？」

「読み終わってる」

「明日は？」

「午前中入り。――けど、おまえよりは遅いから平気だ」

「なら、遠慮なく」

だが、首筋に落とそうとした唇は寸前で止められて、頬を包む長い指が、唇をなぞる。

「ただいまのキスをもらってないな」

もしかしてそれが不服だったのか？　と、ついつい思い上がってしまいそうな指摘が紡がれた。

「おかえりのキスももらってないぞ」

指摘し返せば、ゆるりと見開かれる瞳。

「おまえが寄こさないからだろ？」

またも如月の声に不機嫌さが滲みはじめて、不動は喉の奥で低く笑う。

「おまえがくれないからだ」

くだらない言い合いが、バカバカしい意地の張り合いに発展する前に、今度こそ軌道修正を試みる。

口が空いているからいけないのだ。だから、言わなくていい言葉を紡いでしまう。

互いの唇で互いの口を塞いで、あとは情熱の赴くまま。

なかなかにシビアな現実の裏で、甘い日常はこうしてひそやかに積み上げられていく。

あとがき

こんにちは、妃川螢《ひめかわほたる》です。拙作をお手にとっていただき、ありがとうございます。

『STEAL YOUR LOVE』まさかの第三弾ということで、誰より驚いているのははたぶん私です（笑）

よもや、不動がホストを辞めたあとのお話を書く日がこようとは……！

次こそは出馬ですか？ なんて先走ったことをのたまってますが、今のところ予定は未定です。皆さまのお声があれば、書かせていただけるかもしれません。

それとも、脇に登場したバカ坊とクールビューティのほうがお好みでしょうか？

マネージャーと羽柴さん、なんてマニアックなお声も実はチラホラと聞こえてくるのですが（苦笑）、あのふたりは掛け合い漫才くらいの関係がちょうどいいのではないかと……どうでしょう？

私としては、不動と不動パパの掛け合いが、書いてて一番楽しいかな。あ、そうそう、今回は不動ママを出せなかったのが、とっても心残りです。

そのかわりといってはなんですが、女性陣は如月家の方々に出張っていただきました。

如月が女系家族の末っ子という設定は、実は当初からあったもので、特別温存していたわけではないのですが、これまで出す機会がないままきてしまった、裏ネタとも言うべき設定でした。

普通は攻めキャラより受けキャラのほうが、家庭事情とか出てくる割合が多いものですが、『STEAL〜』に関してはめずらしく攻め側の事情のほうが詳細に書かれていたんですね。気づいたときには私自身も驚きました。

私の書くお話には、受けキャラに味方してくれる強い女性キャラの登場率が高いので、他作と似かよってしまわないように、無意識にも避けていたのかもしれません。

登場キャラが増えると、どのキャラが何をして、何を喋っていたのか、すぐに忘れてしまう私には（汗）、続編を書くのが本当に大変になります。

そして、脇に名前だけ登場した、如月の後輩俳優、藤咲悠ちゃんですが……もしかしてご存じの方もいらっしゃるかとは思うのですが、一応補足しておきますと、ずいぶん昔に某社さんから出していただいた『欲望という名の情熱』というお話で主役を張っていたキャラです。

そうです。そもそもは、先にそちらのお話があって、如月こそが脇キャラだったのです。

如月が刺されてドラマの主役を降板になって、かわりに主役を張った悠ちゃんがブレイク！　という筋書きでした。

切ない系というか、健気で懸命な受け子ちゃんと包容力ある攻め様を目指したお話だった記憶はありますが、果たして本当にそんな仕上がりになっていたのかどうかは、今となってはよくわかりません（汗）

当時はまだ、さほど攻めキャラにセレブな設定を求められなかったので、設定としては地味なお話の部類に入るのではないかと思いますが、しっとり系がお好みの方には気に入っていただけるかも!?

かなり古い本なので、私自身はもはや読み返したくもありませんが（笑）どこかでお見かけになられた折には、よろしければ救済してやってください。

イラストを担当していただきました小路龍流先生、今回もお忙しいところありがとうございました。お久しぶりにご一緒できて、とても嬉しかったです。

眼鏡をかけた不動のインテリっぷりが素敵です。姉ちゃんズもいい味出しています。

そしてやっぱり、このシリーズといえば、如月の肉体美です！

こんなにカッコいい受けキャラはそうそういないのではないかと、描いていただくたびに思います。
シリーズ続刊があるかどうかわかりませんが、それ以外でも、またご一緒できる機会がありましたら、そのときはどうぞよろしくお願いいたします。

最後に告知関係を少々。
妃川の活動情報に関しては、ＨＰの案内をご覧ください。
http://himekawa.sakura.ne.jp/（※ケータイ対応。但しケータイ版は情報告知のみ）
編集部経由でいただいたお手紙には、情報ペーパーを兼ねたお返事を、少々お時間をいただいてしまいますがお返ししています。
皆さまのお声だけが創作の糧です。ご意見ご感想など、お気軽にお聞かせいただけると嬉しいです。
今作に関して、続編希望をいただける場合にはぜひ、『恋』『愛』『慾』につづく、サブタイトル案も一緒にご提案いただけると助かります（笑）
それでは、また。どこかでお会いしましょう。

二〇一〇年八月吉日　妃川 螢

出世とともにラブラブになっていくだけじゃなく、
新たに気になるカップルが！
時が経つごとに、熟成されていくスティラブ…
ご馳走様です(´▽`)ノ

小路龍流

KAIOHSHA ガッシュ文庫

STEAL YOUR LOVE -慾-
（書き下ろし）
犬も食わない半同棲生活
（書き下ろし）

STEAL YOUR LOVE -慾-
2010年9月10日初版第一刷発行

著　者■妃川　螢
発行人■角谷　治
発行所■株式会社 海王社
〒102-8405
東京都千代田区一番町29-6
TEL.03(3222)5119(編集部)
TEL.03(3222)3744(出版営業部)
www.kaiohsha.com
印　刷■図書印刷株式会社
ISBN978-4-7964-0076-3

妃川螢先生・小路龍流先生へのご感想・ファンレターは
〒102-8405 東京都千代田区一番町29-6
(株)海王社 ガッシュ文庫編集部気付でお送り下さい。

ガッシュ文庫

小説原稿募集のおしらせ

ガッシュ文庫では、小説作家を募集しています。
プロ・アマ問わず、やる気のある方のエンターテインメント作品を
お待ちしております！

応募の決まり

[応募資格]

商業誌未発表のオリジナルボーイズラブ作品であれば制限はありません。
他社でデビューしている方でもＯＫです。

[枚数・書式]

40字×30行で30枚以上40枚以内。手書き・感熱紙は不可です。
原稿はすべて縦書きにして下さい。また本文の前に800字以内で、
作品の内容が最後まで分かるあらすじをつけて下さい。

[注意]

・原稿はクリップなどで右上を綴じ、各ページに通し番号を入れて下さい。
　また、次の事項を１枚目に明記して下さい。

　タイトル、総枚数、投稿日、ペンネーム、本名、住所、電話番号、職業・学校名、年齢、投稿・受賞歴（※商業誌で作品を発表した経験のある方は、その旨を書き添えて下さい）

・他社へ投稿されて、まだ評価の出ていない作品の応募（二重投稿）はお断りします。

・原稿は返却いたしませんので、必要な方はコピーをとって下さい。

・締め切りは特別に定めません。採用の方にのみ、３カ月以内に編集部から連絡を差し上げます。また、有望な方には担当がつき、デビューまでご指導いたします。

・原則として批評文はお送りいたしません。

・選考についての電話でのお問い合わせは受付できませんので、ご遠慮下さい。

※応募された方の個人情報は厳重に管理し、本企画遂行以外の目的に利用することはありません。

宛先

〒102−8405　東京都千代田区一番町29−6
株式会社 海王社　ガッシュ文庫編集部　小説募集係